CAROLINE TINÉ

PAS DE LARMES

roman

ALBIN MICHEL

Pour mes enfants et petits-enfants
Julien, Léa, Lola, Milo, Sébastien, Téo

« Un revenant marche toujours à reculons pour finalement s'arrêter sur le seuil de sa maison, celle qui l'a vu naître. Pierre par pierre il la démantèle, pour enfin être libre, mourir vraiment, s'en aller. »

Kamel Daoud

« Mon cœur a quitté mon histoire
Adieu Forme je ne sens plus
Je suis sauvé je suis perdu
Je me cherche dans l'inconnu
Un nom libre de la mémoire. »

Catherine Pozzi

La dernière photo

Chaque jour Victoire observait la photo sur la table de chevet de sa mère. Les trois enfants habillés de blanc, jupes plissées et sandales blanches pour elle et Delphine, la sœur jumelle de Benjamin, qui, lui, portait un short anglais à revers tenu par des bretelles en coton rehaussé d'un point de surjet, semblaient sortis de la Bibliothèque rose. Tous les matins avant de partir pour l'école, pendant que sa mère qu'on appelait Mama se préparait dans la salle de bains, elle s'asseyait sur le lit, approchait son visage de l'image posée dans un cadre sans verre contre la lampe en opaline rose, froissait délicatement entre ses doigts le très fin couvre-lit en soie, se penchait plus avant vers la photo, espérant en retirer une odeur, une texture, un chuchotement peut-être. Mais l'image restait morte. On ne voyait plus que les regards éteints d'enfants ballottés qui semblaient surnager en attendant demain.

Elle aurait bientôt sept ans. Les jumeaux, son frère et sa sœur, la suivaient d'à peine un an. La photo datait des derniers jours passés dans la grande maison de l'enfance à Alger. La haute silhouette du palmier en arrière-plan étalait son ombre sur la tonnelle accueillant les glycines. Les jumeaux se tenaient côte à côte, légèrement en retrait par rapport à la barrière blanche en bois peint, contre laquelle elle était appuyée, enfant un peu tragique à la limite des larmes, sur le chemin bordé de bougainvilliers, dont elle devinait la couleur pourpre, la photo étant en noir et blanc. En fermant les yeux, elle essayait de faire surgir le parfum à la fois suave et fleuri qui s'exhalait du jardin qu'elle connaissait depuis sa naissance et qui avait été planté par la grand-mère paternelle à la génération précédente. Elle sentait presque les effluves du jasmin, ou était-ce la fleur d'oranger. Elle avait gardé en mémoire la caresse très douce sur son genou, effleuré ce jour-là à travers la barrière par une fatma enveloppée dans son haïk blanc, qui remontait le chemin vers le centre-ville et avait murmuré quelques mots gentils en regardant ses yeux verts. Elle avait cherché à deviner son visage derrière le mouchoir en tissu brodé qui en dissimulait la moitié et dont elle imaginait la peau dense et dorée comme le pain à la semoule qui cuisait dans le four en terre de la grande cuisine.

La sonorité du nom El Biar, ce quartier que la famille habitait, situé au nord d'Alger, au-dessus de la casbah, et qui signifie « la source » en arabe, ou encore « le puits », se superpose au léger tremblement de ses lèvres avivé par l'image de sa vie d'avant. Depuis le sommet de la colline, elle y distinguait toute la ville, sans être bousculée par la foule qui l'effrayait. Elle se souvient de la promenade quotidienne, depuis la maison jusqu'à la grande place, avec Kheira qui l'emmenait au marché, elle seule parce qu'elle était l'aînée. Elles faisaient un premier arrêt chez le marchand de tabac, situé sur le côté droit de la rue Sadi-Carnot, juste après la poste, pour acheter les Bastos filtre de l'Homme, dont il fumait trois paquets par jour. Si les Bastos venaient à manquer, il fallait se rabattre sur des Mélia. Plus loin dans la rue, c'était le moment de pause au magasin de bonbons ; encouragée par le sourire de la nounou, elle se saisissait des rubans de réglisse qui teintaient la langue en noir, des cônes en papier vert et blanc qui contenaient la poudre d'Antésite au goût anisé, qui explosait sur la langue comme un feu d'artifice. Et elle rapportait à la maison des chewing-gums Globo ou Zigomar qu'elle mâcherait en douce quand sa mère ne la regarderait pas. Elle se souvient de sa main nichée dans celle de Kheira, sous le grand voile blanc qui enveloppait tout son corps, de la tête aux pieds, le tissu soyeux qu'elle se délectait à chiffonner, tandis que la nounou Kheira lui souriait de ses yeux bordés de khôl, au-dessus du triangle en dentelle qui masquait le reste de son visage.

Elle se souvient du moment où Toufik, le cuisinier, ceint de son tablier bleu en grosse toile et coiffé de son fez rouge sur la tête, s'apprêtait à appuyer sur le déclencheur de l'appareil photo. C'était un jour de sirocco, un matin sûrement, le ciel pesait lourd, la mer émergeait du brouillard, on devinait la brume épaisse gorgée de sable du désert qui cisaillait l'horizon, une chaleur sèche grattait la gorge. Toufik avait un regard soucieux. D'ici quelques jours, il les mènerait, elle, la mère et les jumeaux, au paquebot *Ville d'Alger* qui les embarquerait pour la métropole. Les parents avaient décidé de se séparer. La mère et les enfants iraient s'installer à Paris. L'Homme resterait à Alger. C'était la guerre.

En regardant la photo, elle apprit, chaque jour un peu mieux, à rebroder ses souvenirs, fermer les yeux, respirer fort, s'évader dans un rêve éveillé qui la transportait dans sa vie passée. Le minuscule abri, qu'elle avait confectionné à partir des branches sèches tombées du palmier de l'entrée de la villa, puis caché au pied du grand mimosa derrière la cuisine, non loin de l'auvent où se côtoyaient les hautes poubelles, les mobylettes et le linge qui séchait sur un fil. La table en métal rouillé, autour de laquelle le personnel prenait ses repas, sur des chaises dépareillées dont l'assise était dissimulée sous des coussins que le soleil avait rendus pâles. Il y avait Toufik le cuisinier, Kheira qui s'occupait des enfants et de la maison, et deviendrait la femme de Toufik. Il y avait les deux jardiniers coiffés de turbans ocre au visage creusé de rides profondes qui dormaient dans l'annexe de la grande maison à côté de la bergerie. Il y avait Brahim, le chauffeur, toujours vêtu à l'européenne, et peut-être d'autres dont elle avait oublié le nom. Ils étaient tous kabyles, parlaient une langue musicale, pas l'arabe rauque de la rue. Abritée dans sa cahute, dont le fond en terre rouge était recouvert d'une vieille nappe mauresque subtilisée dans le panier à couture, elle s'imprégnait de toute cette beauté en écoutant chanter Kheira. Elle se souvenait que cela la rendait triste, comme si les belles choses avaient une fin.

Ce rituel était inscrit dans la mémoire de Victoire avec parfois quelques variantes, parce que si elle pensait trop longtemps elle ne pensait plus dans l'ordre. Chaque jour avant l'école, elle venait prendre des forces pour affronter les journées incolores auprès du seul fragment de douceur qui restât de son passé, dans la nouvelle chambre de Mama tapissée façon boudoir, depuis qu'ils étaient confinés à Paris. On aurait pu croire qu'elle était nostalgique de l'Homme qui les avait abandonnés, non elle l'avait effacé en quittant le pays où elle était née. Elle était simplement devenue une petite fille fragile, veillant à ne pas montrer qu'un rien la bouleversait.

Un jour la photo disparut. Elle s'allongea sur le canapé-lit. Il faisait froid. Une sensation de flou l'enveloppa. Sa maison s'était évanouie en même temps que la photo. Elle devrait habiter au fond d'elle-même.

Elle regarda autour d'elle, il n'y avait aucune photo sur les murs enrobés de papier fleuri. Une pluie grise frappait les carreaux. Elle fit quelques pas jusqu'à la pièce voisine, le plafond était crasseux, elle colla sa tête contre la vitre. Du haut du deuxième étage, les troncs des grands arbres qui longeaient l'avenue tenaient la lumière à distance. La trace embuée de son visage assombrit la fenêtre, un nouveau jour blafard s'annonçait. Il n'y avait plus de place pour l'enfance dans cette vie-là.

Au grand dam de la tante Ursula qui avait accueilli la petite famille dans son trois-pièces aux portes vitrées, sentait le citron confit et parlait sans jamais s'arrêter, Mama avait acheté un chien, un cocker dont les oreilles tombaient et qu'il fallait promener en laisse dans la ville livide. Quand Tante Ursula s'énervait, un gros grain de beauté posé à l'endroit de la moustache tressautait au rythme de son incessant bavardage. Les enfants riaient en douce. Mais ils aimaient bien Tante Ursula.

Un blizzard glacé soufflait sur Paris. Des bourrasques de neige blanchissaient les toits. Du givre s'était déposé sur les vitres. Les branches du marronnier sans feuilles étaient figées comme des doigts gelés. Le dimanche les enfants patinaient sur le lac pétrifié du bois de Boulogne. Dans l'appartement de Tante Ursula, le chauffage arrivait par rafales nauséabondes à travers des bouches de chaleur vétustes. Pour échapper à la monotonie des jours sans lumière, Victoire, qui avait appris à lire, déchiffrait avec application les articles de journaux qui évoquaient l'Algérie, espérant ainsi devenir une petite grande personne.

En même temps que la guerre d'Algérie avait éclaté, dans les montagnes arides des Aurès, à l'est du désert du Sahara, où vivaient les Berbères, la famille avait explosé et une sorte de pincement à l'endroit du cœur ne la quitta plus véritablement. Les digues avaient lâché, la terre s'était coupée en deux, une sensation de danger s'était installée. Devenue son propre secret, froide à l'intérieur, elle s'entraîna à vivre au-dedans d'elle-même.

Comme si les enfants tristes mûrissaient plus vite que les autres, Victoire s'exerça dans le miroir ovale et doré qui surmontait le canapé déglingué à acquérir un visage impénétrable. Et elle se fit un serment. Guerre ou pas guerre, elle retournerait à Alger aux beaux jours, pas pour l'Homme, elle n'aimait plus l'Homme, mais pour Kheira qu'elle avait quittée sans savoir qu'elle ne la reverrait pas. Les souvenirs ricochaient en elle comme des galets blancs polis par la mer.

Six pieds sous terre

Le soleil brille ce jour-là, les volets rouges sourient sur la maison, c'est l'été sur la Côte basque. Les voix résonnent dans l'escalier au rythme des pieds qui montent, descendent, font chanter les marches usées recouvertes d'un tapis sur lequel on glisse à cause du monte-escalier pour handicapé fixé à la rampe que plus personne ne songe à éviter. Chacun semble s'envoler ce matin-là. C'est le dernier jour du Père, après il ira sous terre. La cérémonie est prévue dans une demi-heure, ils sont trop nombreux pour être à l'heure ; d'un coup l'air devient très chaud et vaguement poisseux, comme si le ciel algérien s'invitait pour célébrer les origines de la famille.

Ils sont presque tous là, les enfants, les petits-enfants, qui s'entassent dans les voitures branlantes du Père ; même à Alger, dans ses jeunes années, il n'achetait pas de voiture neuve, la seule que Victoire eût connue quand ils étaient enfants, c'est la 403 Peugeot gris flambant neuf que Brahim, le chauffeur kabyle, briquait et lustrait avec une peau de chamois jaune avant de conduire son patron au bureau.

Ils arrivent en courant à l'église baroque immense où Louis XIV avait épousé Marie-Thérèse d'Autriche, infante d'Espagne, ce qui ne va pas si mal au Père, lui le fervent opposant à la monarchie distillant ainsi sa dernière blague. Le cercueil est installé sur les tréteaux face à l'autel et les croque-morts posent avec précaution, sur le drap bleu blanc rouge qui le recouvre, une boîte ouverte dans laquelle est allongée la croix d'officier de la Légion d'honneur. Victoire n'est pas sûre que le Père aurait apprécié cet insigne sur son cercueil, mais comment savoir, il aimait les honneurs bien qu'il prétendît le contraire.

La médaille de chevalier lui avait été remise à son retour d'Algérie trois ans après l'indépendance. Des années plus tard, avec la gauche au pouvoir, il avait été promu officier, pour ses services rendus alors qu'il dirigeait une importante usine de papier où il avait instauré une participation aux bénéfices pour tous les travailleurs et réussi à éviter les grèves. Mais son rôle dans la guerre d'Algérie résonne en filigrane. Le Père n'aurait accepté aucune décoration pour des raisons qu'il aurait jugées futiles. Il n'était pas un chanteur de variétés, disait-il, ni un photographe de mode. C'était un homme intègre, affirmera plus tard le curé avec emphase dans un sermon totalement inventé ; il ne connaissait pas le mort, qui ne mettait jamais les pieds dans une église.

Victoire n'écoute pas grand-chose pendant cette messe, en réalité une bénédiction sans communion, aucun membre de la tribu n'étant pratiquant. Elle lutte contre le sommeil, essaye d'éprouver du chagrin, c'est peine perdue. Elle n'arrête pas d'oublier qu'il est mort. Elle écoute vaguement l'Évangile selon saint Matthieu, mais elle est ailleurs, elle est souvent ailleurs.

Lui revient en mémoire la scène surréaliste chez le curé de la paroisse qui les a aidés l'avant-veille à préparer la cérémonie. Dans la magnifique sacristie tout en pierres laissée dans son jus dont le style classique et austère contraste étrangement avec les peintures baroques et colorées de la nef, la famille s'était installée, par ordre d'âge, autour d'une table de réunion ovale en plastique noir qui occupait la place d'honneur. Le curé déploya un fascicule obsèques à l'intérieur duquel il fallait choisir un texte dans la colonne *A1* et un autre dans la *L8*. Le silence se fit.

– Nous on choisit des textes intelligents, pas n'importe quel paragraphe débile, asséna alors une des sœurs en haussant le ton. On lit la Bible qui est traduite à partir des manuscrits hébraïques, pas la Bible sulpicienne de l'abbé Crampon, vous voyez de quoi je parle ?

Le vieux curé laissa échapper quelques borborygmes, s'épongea le front et les joues couperosées, retira ses lunettes et se laissa lourdement tomber sur une chaise. Il portait encore les vêtements rouges et dorés de la messe de mariage précédente, mais son teint avait viré au beige, il respirait bruyamment, il avait l'air au bord de la mort.

Victoire fut frappée par la métamorphose de sa sœur cadette, athée, agrégée de lettres. En quelques années Thérèse (ainsi nommée en souvenir de la nurse pieuse qui avait élevé plusieurs membres de la famille de la génération précédente) avait pris l'allure d'une nonne grise, émaciée, fanée, dont les pauvres cheveux fins et blancs semblaient coupés au sécateur. Elle avait commencé sa carrière tardive comme enseignante de français et philo dans des ZEP en banlieue parisienne, s'engagea corps et âme dans le sauvetage des rares élèves de terminale intéressés par la culture, qui n'avaient pas encore quitté l'école. Elle sortit de là exténuée au bout de quelques années, maigre et le teint hâve, et fut nommée, ce qu'elle avait refusé jusqu'alors pour se consacrer aux défavorisés, dans une université de la rive gauche où elle constata rapidement, malgré ses efforts pour leur ouvrir l'esprit à la lutte des classes, avec une immense déception et une vague de ressentiment, que les gosses de riches n'avaient pas besoin d'être sauvés. Pour échapper à cette bourgeoisie dont la compagnie lui donnait des haut-le-cœur, elle se débrouilla pour obtenir un statut de remplaçante. Ainsi, malgré sa bonne volonté, elle n'était plus débordée, corrigeait ses copies à domicile, et trouvait le temps de militer pour l'extrême gauche. Victoire assista parfois à des réunions organisées par sa sœur dans un entresol au fond d'une salle dont le plafond bas, maculé de taches sombres et grasses provenant de la fumée de cigarette – les militants fument énormément –, évoquait une caserne militaire abandonnée ou une antique aile d'hôpital promise à une réfection improbable. Victoire fut médusée de découvrir Thérèse haranguer l'assemblée et communiquer une ferveur quasi mystique, appelant à la destruction de l'ordre établi et des privilèges. Elle ne put cependant s'empêcher de révéler son attachement aux Brigades rouges et le soutien épistolaire qu'elle avait apporté à ceux des révolutionnaires qui se trouvaient toujours en prison dans les années quatre-vingt ; le risque de prosélytisme déplut aux instances supérieures du parti. Thérèse fut discrètement priée de mettre son talent en sourdine, elle en conçut une certaine aigreur, et une grande fatigue l'envahit. Elle se mit en réserve de l'Éducation, renonça à son mandat politique de chef de section, s'inscrivit comme étudiante à un master de théologie dans une faculté catholique. Puis elle décida de consacrer du temps au Père dont la maladie pulmonaire s'aggravait et dura dix ans, jusqu'à ce jour de funérailles. Petit à petit, elle qui avait été si jolie s'était mise à ressembler à l'infirmière qui habitait à demeure dans la maison basque, une sorte de dame de compagnie âgée portant une jupe longue arrivant aux mollets, d'épais collants mousse et des chaussures à semelle crêpe. Et, en même temps qu'elle sombrait dans le sacrifice, Thérèse donnait à qui voulait les entendre des leçons de morale, de culture, de tout, y compris de Bible sulpicienne.

Qui aurait pu prévoir un tel revirement chez cette ancienne toxicomane qui, à peine sortie du lycée, se scarifiait les bras, pratiquait le piercing comme un sport de combat, partout sur le corps, les oreilles, le nombril et même la langue, ce qui l'empêchait de parler et la forçait à hurler tout en zézayant ?

Qui aurait pu imaginer que cette gracieuse étudiante blonde, brillante et silencieuse, deviendrait une furie gothique portant sur le haut du crâne une crête de cheveux en brosse teints en noir corbeau ? Maquillée comme une roue de carrosse, ses yeux couleur turquoise lançant des éclairs derrière une épaisse couche de mascara, juchée sur des bottines lacées aux bouts ferrés en forme de coques, portant une imposante tenue de camouflage, elle était aussi rassurante qu'un mercenaire bolchevique ou katangais. Une overdose la laissa sur le flanc, docile et hébétée, et elle récupéra sa chambre d'adolescente chez ses parents. Elle sombra alors dans les études sans desserrer les dents jusqu'au CAPES puis l'agrégation, et se laissa cueillir par un révolutionnaire franco-argentin qui ressemblait à un beau militant guevariste des années soixante-dix, rôdait autour de la fac et s'était engagé à ne pas travailler pour ne pas risquer de voler le salaire d'un employé au SMIC. Comme il fallait bien que l'un des deux gagne sa vie et celle de l'autre, elle retrouva sa couleur de cheveux et son anonyme silhouette, puis intégra l'Éducation nationale. Le couple décida par la suite de ne pas procréer, de ne pas jeter des enfants qui n'auraient pas demandé à vivre sur les fourches décadentes d'un monde pourri.

En écho à la diatribe de la sœur à propos des différentes versions de la Bible, aussi long et maigre qu'un échalas, deux fois plus grand que le curé qui ne savait plus où ranger son ventre rond, le frère se leva ou plutôt se déplia, et se tourna vers Thérèse.

– Maintenant tu vas fermer ta gueule, aboya-t-il d'une voix à la fois criarde et ulcérée, sous une moustache poivre et sel dont les poils longs lui chatouillaient les narines, accentuant les tics qui lui criblaient le visage. On ne va pas passer la journée ici, avancez dans vos magouilles, ajouta-t-il à l'intention du curé, on n'a pas que ça à faire, il faut aller vite…

Il fallait toujours aller vite.

La sœur, Thérèse, et le frère, Patrice, nés du second lit du Père, avaient une admiration sans bornes pour leur propre intelligence, et une propension aux colères incontrôlables.

Victoire n'a pas oublié ce jour où, en vacances chez le Père – elle avait huit ans, on était en pleine guerre civile –, alors que les parachutistes sillonnaient les rues et enjambaient les morts à la recherche de cachettes de dissidents, et que le couvre-feu avait été déclaré, on avait envoyé le chauffeur à la nuit tombée chercher des bananes en ville pour calmer la colère du frère. L'enfant âgé de trois ans à peine se roulait par terre, se tapait la tête contre le sol de la cuisine carrelé de zelliges rouges et gris, frappait tout ce qui se trouvait à ses côtés, poussait des hurlements qui vrillaient les oreilles. Il exigeait des bananes, pas des mandarines, non, des bananes. Le chauffeur en rapporta un régime après s'être faufilé tous feux éteints dans les ruelles obscures de la casbah. L'enfant se releva en hoquetant, le visage déformé par une série de tics qui ne disparurent jamais vraiment, puis s'écroula à nouveau sur le sol. Il n'avait plus envie de bananes. Personne n'avait rien dit. Il ne fallait surtout pas contrarier la mère de Patrice, enceinte de Thérèse, laquelle donnait des coups de pied si violents à l'intérieur du placenta que la pauvre femme, sa mère, étouffait une plainte continue annonçant, craignait-on, la sinistre imminence d'un dernier souffle.

Après moult essais rétifs à la violence de son tempérament, le frère, Patrice, trouva sa voie dans la fonction publique. Cela ne fut pas son premier choix, il avait eu des velléités de mise en scène de théâtre, peut-être avait-il les talents d'un artiste camouflés au fond d'une nature contrariée, comment savoir ? Parallèlement il passa plusieurs concours dans la police et atteignit le grade de commissaire. Chez les pieds-noirs, c'était une tradition, on respectait les fonctionnaires, surtout à cause de la sécurité de l'emploi. Le Père, qui avait bien sûr décidé pour le frère, et qui n'avait aucun respect pour la loi en dehors de la sienne, trouva un certain prestige à cette nomination qu'il voyait comme un marchepied vers la DGSE.

Les yeux perdus dans le vague depuis le fracas dissonant de la scène de l'avant-veille entre Thérèse et le curé, Delphine, issue comme Victoire du premier lit du Père, vêtue de blanc comme si elle se rendait à un mariage, ses cheveux bruns ramassés en deux couettes d'épaisseur distincte nouées de chaque côté d'une raie en dents de scie, se balançait sur sa chaise. Elle n'écoutait pas, parce qu'elle n'entendait rien. Depuis la disparition de son jumeau, elle avait pris l'habitude d'adopter à volonté une posture sourde et muette, signifiant ainsi son exclusion d'un monde auquel elle était étrangère. Ou alors elle intervenait à contretemps, provoquant l'hilarité intérieure de Victoire, qui repérait dans l'hystérie de Thérèse et Patrice et les gaffes de Delphine les ingrédients d'une comédie digne des Marx Brothers, ce qui introduisait en sourdine une dose de gaieté dans cette famille où le rire était absent.

Assise sur une chaise en paille au premier rang de la vaste église où résonne l'écho du sermon, les pieds calés sur le barreau inférieur d'un prie-Dieu recouvert de velours rouge mité, Victoire se demande ce qui a pu, voilà deux jours, générer une telle violence verbale dans l'antre du pauvre curé de province. Le chagrin peut-être ? Ou la trouille de rater la mort du Père, comme s'il continuait à diriger les opérations depuis son cercueil ? Il avait régné sur ses cinq enfants à la manière d'un patriarche, s'évertuant sur le tard à réparer les divisions, à former une famille. Une famille de cinglés, mais une famille tout de même. Un mot sans cesse prononcé comme s'il était nécessaire de se convaincre qu'un ramassis de névroses constituait un groupe solidaire. Une famille dans laquelle Victoire, l'aînée, s'est toujours sentie décalée, lointaine observatrice, la distance lui tenant lieu de bouclier contre un possible engloutissement.

Qu'aurait pensé le Père de cette farce macabre en deux épisodes, la préparation de la messe puis la messe, lui qui, soyons francs, ne lisait pas de livres autres que ceux concernant l'histoire de l'Algérie, et surtout pas la Bible, et ne foulait jamais le sol d'une église, en dehors de quelques rares enterrements ? Il était l'une des personnes les plus anticléricales que Victoire eût connues, bouffait du curé à longueur de temps, retournait tout crucifix croisé sur son chemin, en particulier ceux accrochés sur les murs des cliniques, hôpitaux et maisons de santé qu'il avait beaucoup fréquentés ces dernières années. Il prétendait que l'Église catholique était une secte qui avait réussi. Mais il avait voulu une messe, parce qu'on ne sait jamais.

Il était mort en plusieurs fois. En suivant un protocole *ante mortem* immuable : ses poumons se remplissaient d'eau, il suffoquait, l'hôpital le mettait sous un masque à oxygène qui sifflait un bruit d'enfer. C'est la fin, affirmaient les médecins. Les enfants rappliquaient en courant depuis les quatre coins de la France. Ils assistaient à la lutte du Père rabougri et sans connaissance qui gisait dans un lit trop grand pour lui. Cela durait trois jours pendant lesquels il se tordait avec une respiration de soufflet de forge. L'avant-dernière fois, il s'était soudain réveillé en disant, Je vous ai bien eus avec un pauvre petit rire. Puis la troisième attaque eut raison de sa résistance, il mourut pour de bon en plein été. Victoire avait laissé échapper une larme. Elle n'était pas sûre qu'il méritât une agonie aussi cruelle.

Les fidèles chantent faux, un refrain tremblé qui grince comme une scie. Victoire a les yeux fixés sur la croix suspendue derrière l'autel, un christ en marbre penche la tête, le Christ qui souffre est toujours représenté avec un doux regard alors qu'il est censé souffrir. Quand elle avait douze ans, Victoire suivait des cours le soir aux Arts-Déco après l'école. Elle avait dessiné le visage de Jésus cloué à une croix, inspiré par une photo du Père qu'elle cachait au fond de sa trousse. Son christ avait l'air torturé plutôt que doux, et sa tête était penchée juste parce qu'il était mort. Le professeur, un curé défroqué en costume lustré, l'avait félicitée pour son beau dessin – le meilleur de la classe, avait-il affirmé –, s'était frotté contre elle, il sentait mauvais, puis lui avait caressé les cheveux et les fesses. Elle lui avait flanqué une claque, puis avait arrêté là sa vocation du dessin et son amour pour les saints.

Patrice, assis à côté de Victoire qui s'est assoupie et ronflote, la réveille d'un coup de coude brutal. Elle se redresse en sursaut ; en même temps qu'elle sombrait lentement dans une somnolence agitée, elle s'envolait dans un rêve en musique. Elle lève la tête vers la corbeille où se tient debout, à côté de l'organiste, une jeune fille d'apparence fluette qui chante a cappella d'une voix délicieusement cristalline. Le dernier chant au Père, qui n'écoutait jamais de musique, serait cet hymne magnifique au martyre de Jésus. Victoire est songeuse, elle n'a jamais été initiée à l'art, la culture ou la musique par le Père. Comme si la guerre d'Algérie avait occulté tout autre centre d'intérêt. Mais elle avait pris l'habitude d'aller errer au Louvre pour s'imprégner d'une infinie beauté.

L'*Ite, missa est* sonne la fin des réjouissances. L'assemblée se lève et s'éparpille.

Le soir des funérailles, dans la maison aux volets rouges, la tribu se retrouve, sombre et concentrée. Au milieu du grand salon dont le coussin central du canapé porte encore la trace légère du poids du Père, chacun se recueille un instant dans un silence exténué. Puis Patrice, le frère, extrait de l'imposant coffre noir basque à tendance espagnole, qui ressemble à un cercueil enluminé et pèse une tonne, les bouteilles d'alcool fort qui pourraient revigorer un cheval. Il s'agit des eaux-de-vie fabriquées par le vieillard voisin, qui distille le jus des fruits fermentés poussant sur deux pommiers aux branches noueuses débordant sur le mur de la maison familiale, avec un alambic vieux de plusieurs années ; grâce à quoi, clame-t-il haut et fort, il est en pleine santé et ne finira jamais dans la résidence pour vieillards qui se dresse tel un étendard ricanant en face de la villa du Père, au milieu des constructions anciennes.

Après cette semaine éprouvante dans la maison basque, après le soulagement qui a suivi la première étape de l'enterrement, Victoire passe brutalement de la rêverie à la terreur. Alors qu'elle dort profondément, une petite fille en haillons enjambe des morts déchiquetés, allongés sur le sol d'un vaste terrain vague jonché de restes de pierres qui proviennent des murs lépreux de maisons détruites ; elle s'est perdue, elle a peur, elle marche en boitant, puis se retrouve dans une immense salle dite de jeux, où personne ne joue, située au fond du jardin d'un lieu inconnu autour duquel volent de gros corbeaux noirs. Aucune lumière ne pénètre dans cet espace délabré dont l'odeur de moisi, ou est-ce la poussière, prend à la gorge. Face à l'étroite porte vitrée par laquelle l'enfant a pénétré en se contorsionnant pour échapper à la rouille et au verre cassé, une salamandre court le long d'un haut mur grisâtre. Elle slalome parmi des toiles d'araignée dont elle a dû dévorer les occupantes. La bête affreuse dont le corps mou et sûrement collant au toucher, tacheté de jaune et noir, se soulève au rythme d'une respiration saccadée, fixe la petite fille de ses yeux globuleux, puis prend son élan dans un cri rauque.

Victoire se redresse dans son lit en suffoquant, les yeux écarquillés dans la nuit noire où ne filtre pas l'ombre d'une lueur à travers le volet roulant. Le hurlement qu'elle n'a pas poussé résonne dans sa poitrine. L'élan onirique, après s'être épuisé dans les détails, s'est une fois de plus désintéressé du résultat ; elle ne connaît jamais vraiment la chute de ses rêves. Un parfum de fin du monde imprègne la chambre. C'est dans ce petit espace situé à l'entresol qu'elle espère le silence, dissoute dans la mélancolie, au fond de l'antre familial.

Dans le lit au matelas défoncé, abattue comme si elle avait été rouée de coups, elle se sent incapable de se lever, d'affronter une journée de plus, elle voudrait que la vie s'arrête. Sa tête va exploser. Depuis qu'elle a arrêté de boire de l'alcool, une sournoise gueule de bois vient souvent la défier après une soirée très arrosée où les autres ont bu comme des trous, comme si l'alcool pénétrait dans ses veines par capillarité. Au bord des larmes contre lesquelles elle lutte en serrant les poings, parce que si elle se laisse aller, elle ne pourra plus s'arrêter de pleurer, elle se sent vide. Il n'est pas question de le montrer. Étant l'aînée de tous les enfants, elle doit donner l'exemple. Exemple de quoi ? avait-elle demandé, en riant jaune, au Père qui lui avait dévolu ce rôle, pensant sans doute la flatter. Cadeau empoisonné qui l'a entraînée à la solitude, à l'angoisse, à une autorité factice, et l'a mise à l'écart. Elle est différente. Elle aurait juste souhaité qu'on l'aime, mais il est trop tard pour pleurer sur le lait renversé.

Après l'église a lieu l'épisode incinération. La famille flageole un peu sur ses jambes. Thérèse, qui a glissé à son annulaire gauche l'alliance du Père dont elle s'était emparée à l'hôpital juste après le dernier souffle, se saisit de la croix figée sur le cercueil comme une grosse mouche au milieu des sinistres chrysanthèmes orange et violets – couleurs qui rappellent à Victoire celles des vêtements voyants que portaient les femmes des colons d'Alger, sur une peau toujours bronzée et craquelée par le soleil. En attendant l'urne, après que le cercueil a disparu dans les flammes en haut d'un couloir roulant, les enfants marchent en silence jusqu'au café du coin de la rue, ils ne sont plus que quatre sur cinq, Benjamin, le frère jumeau, s'étant donné la mort des années auparavant. Chacun d'entre eux, appuyé contre le bar en acajou taché de quelques auréoles, pour échapper à une éventuelle chute, semble plongé dans des pensées lugubres.

Le Père avait exprimé le souhait que ses cendres reposent au soleil dans le caveau du cimetière européen de Saint-Eugène à Alger où sont enterrés les aïeux d'origine italienne dont les plus anciens étaient arrivés en Algérie deux ans seulement après le début de la colonisation. Situé en hauteur dans la banlieue nord, au pied de la basilique Notre-Dame d'Afrique, le cimetière embrasse l'un des plus beaux panoramas de la baie. Ainsi, le Père aurait vue sur la mer.

Le transport de l'urne par avion fut autorisé à condition qu'un membre de la famille accompagne le précieux trophée. Victoire se chargerait de la corvée.

Don Juan dans son urne

Une page est tournée. Victoire charge l'urne en marbre noir aussi lourde qu'un âne mort dans le coffre de sa voiture pour mener le Père jusqu'à Paris avant l'envol pour Alger. Elle est inquiète à l'idée que le couvercle s'ouvre, et que les cendres se répandent. Elle sort plusieurs fois de la voiture pour vérifier que le coffre est bien fermé. Renaître de ses cendres, il en serait capable. Un fou rire nerveux la titille, tandis qu'une colère sourde tremble au fond d'elle. Elle redoute de faire ce trajet, de se retrouver seule avec le Père. La tête dans la brume, elle se met au volant, éprouve son habituelle sensation d'absence, freine à plusieurs reprises. Et puis le bruit du moteur la remonte, avec la lenteur d'une pendule, la berce comme un bébé qui retrouverait sa bulle de douceur. C'est en se laissant conduire par la voiture, le temps d'un long trajet, qu'elle arrête de diriger sa vie.

Il est prévu qu'elle fasse une étape à mi-parcours, pour passer la nuit sur le bateau d'un ami qui lui offre l'hospitalité. Un vieil amoureux avec qui les liens se sont distendus, mais dont le souvenir est resté familier. Arrivée au port, elle est tentée de laisser l'urne dans le coffre, mais décide de la prendre sous le bras jusqu'au bateau. Elle manque de s'affaler en enjambant le quai pour atterrir sur l'esquif qui, malgré sa légèreté, comporte une cabine. L'ami qu'elle a perdu de vue depuis des lustres s'est voûté avec le temps, sa beauté s'est effacée derrière une barbe blanche, ses yeux verts ont reculé dans leurs orbites, le regard de braise est devenu vitreux. Déguisé en marin, pantalon de toile délavée et chaussures avachies, il a rétréci, mais elle le devine sûr de son charme, à l'affût d'une proie à séduire, en dépit d'un visage attaqué par une vieillesse prématurée. Un vertige la saisit. Pourquoi a-t-elle accepté la sollicitude d'un homme qui lui a fait vivre un enfer sentimental, à qui elle n'adresse plus la parole depuis des années ? Pourquoi prend-elle des décisions absurdes comme si son cerveau était brouillé ? Le pervers, féru de poésie, entame un couplet sur le mystère de la navigation, le son de l'eau qui bouge au rythme des marées, la brillance du soleil qui se couche puis se lève. Supporter ses pauvres alexandrins est au-dessus de ses forces. Elle a des envies de meurtre, prétexte le mal de mer ; les mots de politesse s'effacent au fond de sa gorge. Il la regarde interloqué, tandis qu'elle débarque avec l'urne et se dirige vers sa voiture sans se retourner. Il la connaît bien, elle ne reviendra pas en arrière.

Le jour tombe dans le ciel rouge, l'asphalte est tiède sous ses pieds nus, un silence délicat l'enveloppe comme une ombre. Son corps tout entier est douloureux. Comme elle passe devant la vitrine d'un entrepôt de matériel maritime, elle ralentit quelques secondes, aperçoit le contour de sa silhouette. Ces derniers jours, insensible, occupée à agir, fée du logis d'un certain genre, elle a étouffé sa violence dans les gestes mécaniques d'un robot froid comme du métal. Elle découvre son reflet, longue tige un peu penchée aux cheveux raides et clairs, le poids de l'urne sur les épaules, telle une fatma qui porterait une jarre, elle esquisse un sourire, mais son visage reste flou dans l'obscure transparence du verre.

La route sera longue jusqu'à Paris, mais au moins elle sera seule, débarrassée de la famille. Le Père ne pèse plus que de la cendre.

Victoire se sent infiniment libre quand elle est enfermée. Au volant, comme si elle était assise à côté d'elle-même, elle parle dans sa tête, avec l'espoir que ses rêves d'enfant éclairent le chaos de sa destinée.

Un soleil noir barre l'horizon. Une pluie d'insectes s'écrase sur le pare-brise, abandonnant des traces sanguinolentes ; le lave-glace bien sûr est vide. La vitre est bientôt striée de traînées causées par les essuie-glaces qu'elle a mis en marche. Elle hésite entre s'arrêter et aller de l'avant. Elle n'y voit plus rien. C'est l'image de sa vie, une errance en eaux troubles, un combat égaré sur un parcours sinueux.

Un crachin vient nettoyer les dégâts.

De lointains souvenirs l'envahissent. Elle pense à ce jour, il y a quelques années de cela, où le Père la convoqua pour un rendez-vous mystérieux dans la maison basque. Elle s'y rendait le moins possible, tant l'endroit la déprimait. Pendant plusieurs heures, il lui raconta des épisodes de sa vie en Algérie, puis suggéra l'idée de rencontres régulières, et pourquoi ne pas enregistrer ces entretiens ? Flattée d'être l'élue de ces importantes confidences, Victoire en oublia de demander dans quel but il souhaitait immortaliser son existence. Le Père reconnaissait sa compétence, n'était-ce pas l'essentiel ?

Il partageait alors sa vie avec la sœur de sa dernière compagne, laquelle était morte de chagrin à la découverte de cette liaison. Le Père ne reculait devant rien en ce qui concerne les femmes. Il prétendait que sa première épouse, Mama, la mère de Victoire, l'avait quitté parce qu'elle trouvait les pieds-noirs vulgaires, omettant de préciser qu'il la trompait avec la seule personne dont elle fût vaguement proche dans cette ville étrangère. D'origine danoise, au physique de Viking fine et blonde, issue par sa mère d'une tribu que les froids nordiques avaient rendue passablement excentrique mais plutôt taiseuse, et d'une lignée de militaires français catholiques et intégristes installée dans les beaux quartiers parisiens du côté paternel, elle avait subi une éducation rigide qui ne dérogeait pas à la morale et ignorait tout du tempérament latin.

Le Père ne savait pas résister aux femmes, celles de ses amis les plus proches lui tombaient dans les bras ; il n'y était pour rien, succombait seulement à leurs avances. Doté de la classe de Gary Cooper, du regard de Marlon Brando, du sourire de Burt Lancaster, il aurait pu faire partie des grands séducteurs du cinéma hollywoodien des années cinquante, cette génération de beaux salauds qu'un charme insolent autorisait à traiter les femmes comme des objets, de luxe ou de rien, cela dépendait des jours, et à les voler à leurs maris comme des oiseaux sans importance.

Il possédait cependant quelque chose de plus que la gueule de tombeur qui faisait fondre les femmes : une élégance hors du commun soulignée par un sourire énigmatique qui mettait les gens à l'aise et laissait espérer une intelligence du cœur. Avec sa famille proche, ses frères et sœur, ses cousins, il était plus réservé, manifestait une certaine timidité, comme s'il avait choisi de garder par-devers lui les pulsions secrètes de sa vie privée. Il racontait volontiers une charmante anecdote : son goût des jolies femmes lui aurait été inoculé par la magnifique nurse suisse qui s'était occupée de lui, enfant. Il faisait référence avec une gourmandise non dissimulée à cette « somptuosité » qui lui appliquait des cataplasmes à la moutarde à travers les barreaux de son lit, alors qu'il souffrait d'une broncho-pneumonie. Tandis qu'un cauchemar lié à la fièvre le forçait à se recroqueviller sur son matelas pour échapper au long crocodile qui menaçait de le dévorer, surgit soudain de nulle part le ravissant visage de la nurse, révélant ses beaux yeux couleur amande, son petit chignon blond, puis sa blouse blanche. Sans doute fut-elle transfigurée par la mémoire inexacte du temps où il n'était qu'un poupon de dix-huit mois, qu'importe, il ne l'oublia jamais.

Quand elle n'était pas capturée par ce magnétisme

discret dont il savait tirer les ficelles avec maestria, Victoire éprouvait certaines réserves à son endroit, peut-être était-il un grand malade. Elle en était venue à penser que le donjuanisme aigu dont il souffrait relevait de la partie immergée d'un gène foireux qui se refilait comme la vérole à chaque naissance sous diverses formes. La famille aurait ainsi hérité d'une rampante mélancolie travestie au choix en dépression, épilepsie, alcoolisme, colères hystériques, ou, plus grave, ces fameuses voix qui hantaient son frère Benjamin.

Il se confiait volontiers à Victoire, la préférée de ses enfants, sa fille aînée qui avait failli mourir un an après sa naissance à Alger. Il ne cachait pas son admiration pour son rôle de chef dans un groupe de presse, où elle gagnait bien sa vie. Elle tenait son indépendance de lui, affirmait-il avec fierté, ce qui permettait d'éviter toute allusion à sa vie sentimentale agitée. Il valait mieux de toute façon être seul(e) que mal accompagné(e), prétendait-il. Tout sourire, le père et la fille se contentaient de clore la conversation d'un clin d'œil entendu.

Le Père renonça à séduire, alors qu'il avait atteint un grand âge et que le cancer du poumon l'avait laissé totalement affaibli, cloué au lit ou sur son canapé, révélant l'emphysème très avancé d'un gros fumeur. Il avait alors capitulé et réduit ses offensives féminines à des compliments feignant l'admiration. Mais son caractère en conçut une certaine amertume. Il avait désormais le temps de s'intéresser à sa progéniture, de s'immiscer dans leurs affaires et leurs unions ; certains se soumirent, ceux qui avaient toujours été ignorés restèrent ignorés, Victoire se carapata. Le ton de la voix paternelle avait progressivement pris des accents si acariâtres qu'elle répugnait à lui rendre visite. Elle fut déçue de constater qu'il avait rejoint le camp des vieillards aigris qui font payer à leur entourage leurs échecs personnels, et méprisent du regard ceux qui attendent l'héritage. Devenu dépendant d'une bouteille d'oxygène aussi engageante qu'une bombe dissimulée sous la cage de l'escalier, il n'en finissait pas de chercher son souffle au bout d'un long tuyau qui reliait ses narines à la bonbonne, sans jamais se plaindre. Victoire, qui redoutait ses sautes d'humeur, refoulait tout sentiment la rapprochant de lui, mais s'autorisa à éprouver un brin de compassion à son égard, et un respect certain pour l'homme qui lutta des années contre la maladie avec le courage d'un combattant entraîné à la guerre.

Celle d'Algérie lui avait peut-être servi de terreau.

Bien qu'il restât discret sur le sujet, il reconnaissait ne s'être jamais vraiment remis d'avoir quitté ce pays trois ans après son indépendance, pourtant appelée de ses vœux.

Le premier président de la République algérienne élu en 1963 par quatre-vingt-dix-neuf pour cent des voix, qui connaissait la proximité du Père avec certains chefs historiques du FLN lui étant hostiles, n'eut de cesse de tenter de l'expulser du pays. À quarante ans, soit la moitié de sa vie, en janvier 1965, le Père fut renvoyé en France dans des circonstances difficiles. Le sourire mystérieux qu'il offrait aux humains, les yeux légèrement levés au-dessus de leur tête, ce fameux sourire disparut. Ses lèvres s'amincirent. Des sillons se creusèrent de chaque côté du nez, alors que quelques rides fronçaient son front. Les cheveux rares, le teint incolore, les yeux vides, il bascula dans une maturité mélancolique. Il était devenu un rapatrié, qui avait échoué à réconcilier les deux communautés, qui traversa seul et en silence une période de deuil. Une lueur d'inquiétude dans le regard, son pas élastique ralenti, il s'attacha à reconstruire une vie bancale à Paris. Victoire, qui avait quinze ans, consentit alors à accepter le vague sentiment de fierté qu'elle éprouvait pour l'Homme qu'elle n'appelait plus jamais Papa, depuis que, pris par une autre vie, il avait oublié l'enfant.

Les souvenirs continuent d'affluer dans le désordre, comme toujours lorsqu'elle est au volant, les images remontent tels des rêves, se faufilent entre le présent et le passé, ignorent la logique. Et les mots vont et viennent dans sa pensée en zigzag, il y a ceux qu'elle ne sait pas dire, qui la laissent sans voix, qui la plaquent au fond d'un trou. Elle ne va pas y arriver, elle ne va pas arriver à être quelqu'un.

Elle suit la route comme une automate, craint d'avoir un accident. Elle se redresse sur le siège baquet, inspire profondément, d'abord le ventre, puis la poitrine, les épaules sans les hausser, expire dans l'autre sens. Depuis l'enfance, elle survit à coups de tocs, de rituels, de stratagèmes qu'elle invente pour mater le cœur qui bat, la sensation de danger imminent qui la poursuit. Elle est seule comme si elle cherchait à fuir le monde. Alors elle s'échappe dans l'imaginaire. C'est sa vie.

Mama

Le temps coule fluide et limpide, la route est facile. Alors qu'elle est sur le point d'atteindre une station-service, un souvenir attaque brutalement la vigilance de Victoire. Elle appuie sur le frein, la voiture fait une embardée, les pneus crissent, un camion se rabat sur le bas-côté, un klaxon s'énerve. Parvenue à la pompe à essence, elle tremble et les images l'assaillent.

Dissimulé sous la surface de la table de chevet de Mama, sur laquelle avait autrefois trôné la fameuse photo des trois enfants vêtus de blanc, un tiroir invisible enfermait un monceau de papiers, factures impayées, commandements d'huissiers, mots doux d'amoureux transis, bulletins scolaires, prospectus de voyage. Petite fille sage et silencieuse, qui avait repéré la cachette et se faufilait dans la chambre maternelle, elle éprouvait un plaisir tactile, sensuel peut-être, à froisser le papier entre ses doigts, le pouce et le majeur, l'index parfois, jusqu'à ce que la matière rêche s'attendrisse en une texture veloutée. Fouiller dans les affaires de sa mère, souvent absente, était un passe-temps qui lui procurait une jubilation de détective. Elle y dénichait toujours un morceau du puzzle qui exhumait de l'ombre l'histoire de sa vie. Elle procédait par petites touches, avec méthode et patience. En investiguant un peu plus au fond du tiroir, ce jour-là, elle tomba sur un paquet de feuilles agrafées intitulées « divorce » dont elle chiffonna lentement la dernière page jusqu'à ce que la finesse obtenue frise la déchirure. Avec précaution, elle feuilleta le dossier ; une image en noir et blanc glissée entre deux pages s'en échappa. C'était une photo du Père et de Mama prise à la Villa d'Este sur le lac de Côme en Italie pendant leur voyage de noces, précisaient les mots écrits au verso. Victoire sentit son corps se rétracter. Ils se regardaient sur le cliché, mais quelque chose d'indéfinissable les séparait, leur extrême beauté les liait autant qu'elle les isolait l'un de l'autre. Ces deux êtres étaient chacun entièrement tournés vers eux-mêmes, le monde autour n'existait pas. Le couple semblait fait pour durer le temps d'un tableau. Comment alors devenir des parents ?

Elle entendit des pas, ramassa une enveloppe tombée au sol, courut s'enfermer dans sa chambre, s'assit par terre, prit la lettre entre ses doigts.

Elle reconnut les consonnes hautes, pointues, légèrement penchées vers la droite et les voyelles carrées, l'écriture du Père. Parmi des phrases difficiles à déchiffrer tant le texte était serré, dansaient des mots perdus dans la page, Je te haïrai si tu m'enlèves ma fille… je te haïrai si tu m'empêches de voir V. Victoire comprit qu'il s'agissait d'elle, mais pourquoi tant de haine ?

Mama fit irruption dans la chambre.

– Tu pourrais au moins fermer le tiroir, dit-elle. De quoi tu te mêles ?

– De mes affaires. Toi aussi tu fouilles dans les miennes, dit Victoire.

Mama resta interdite quelques secondes, arracha la feuille des mains de sa fille, y jeta un coup d'œil furtif et disparut jusqu'au soir.

Après quelques jours de silence et d'humeur maussade, Victoire trouva un sens aux mots qu'elle avait brièvement entrevus. Les mots écrits font plus peur que ceux que l'on jette à la tête, parce qu'ils sont nés dans le silence, ancrés dans le temps, destinés à durer. À force de retourner les deux phrases dans son cerveau, au beau milieu d'une nuit passée à réfléchir, elle arriva à une conclusion acceptable : le Père, l'Homme qu'elle tenait à distance, avait été un papa qui aimait sa fille, qui n'avait pas supporté d'en être séparé, un papa dépossédé d'un morceau de chair ou de cœur, qu'elle n'avait pas été capable de retenir, qui l'avait peu à peu oubliée puis abandonnée avant de devenir lointain puis absent. Ce n'était la faute de personne, c'était un accident de parcours, tombé du ciel comme la foudre sur un arbre. Certains s'en relèvent, d'autres s'arrangent avec la blessure.

Elle courut réveiller Mama pour lui dire qu'elle était d'accord avec elle, que tous les hommes étaient des lâches. Dès le lendemain elle retrouva son rôle de fille parfaite à l'heure des cocktails dans le salon rouge et or de l'immense appartement que le grand-père avait enfin accepté de prêter à Mama. Sanglée dans une robe de chambre écossaise, ses cheveux lâchés sur les épaules rehaussés d'un cran obtenu grâce au fer à friser sur le côté droit, comme faisait sa mère, elle servait avec application en souriant aux admirateurs de Mama les whiskies on the rocks ou à l'eau de Seltz, et pouvait aussi confectionner à la demande des martinis dry et des gin-tonics.

Comme si elle avait voulu ranimer le soupirant posé sur un fauteuil aux rayures passées qui commençait à se lasser de faire tapisserie, Mama éclata du rire clair et mélodique qui illuminait son image de madone et déclara avec emphase : « Victoire est étonnante. À dix ans, elle a compris qu'il faut se méfier des hommes comme de la peste. » Puis son regard de myope se voila légèrement. C'était cela sa mère, la cascade de rire suivie du nuage au fond des yeux. Victoire ne savait jamais vraiment sur quel pied danser. Ce soir-là pourtant, elle nageait dans le bonheur, survolant des yeux avec une fierté non dissimulée le salon du magnifique appartement dans lequel la petite famille venait d'emménager après plusieurs années de galères successives.

À Paris, de retour d'Alger, Mama était redevenue mannequin mais quelque chose clochait. L'argent manquait, même si le Père lui avait donné ses maigres économies qui se réduisirent à néant, après qu'un soupirant bien intentionné lui avait conseillé d'investir dans la Bourse. Il était temps de quitter le trois-pièces vitré de Tante Ursula où tout le monde voyait tout le monde. Mama répondit à une annonce immobilière dans un journal qui proposait aussi des rencontres matrimoniales. L'appartement sordide qu'elle visita se composait d'une pièce exiguë donnant sur une cour gris souris qui devint la chambre à trois lits des enfants, et d'une autre, étroite, en forme de couloir dont les murs étaient recouverts d'un papier douteux qui se décollait par endroits. Mama y dormirait dans un canapé convertible et aurait vue à travers un vasistas sur une impasse glauque et bruyante. Le dessin d'une silhouette tracée à la craie blanche au milieu du parquet dont les lattes craquaient sous les pas fut effacé juste avant leur entrée dans les lieux. Un meurtre ayant été commis, les scellés venaient d'être retirés ; grâce au mort, le loyer était modéré. L'immeuble d'une grande laideur était situé dans un quartier livide ; il fallait sortir le chien dans la rue sombre. Un jour que Delphine l'avait promené, un exhibitionniste l'avait bousculée puis ouvert son imperméable.

Mama n'était pas taillée pour se serrer la ceinture. Elle se décida à prendre son téléphone et supplier son père, retiré à Paris depuis qu'il était veuf, d'accepter de l'accueillir avec les enfants dans un des appartements qu'il possédait au Trocadéro. Elle fit amende honorable, promit de mener une vie irréprochable. Dans cette famille très catholique où le divorce était un péché, les frère et sœur de Mama qui occupaient les quatrième et cinquième étages du magnifique immeuble datant du XVIIIe siècle, s'opposèrent avec force cris d'orfraie au retour de la brebis galeuse, comme s'ils redoutaient d'être contaminés par une maladie honteuse. Mais Victoire, à la demande de Mama, qui lui fit apprendre par cœur les propos à tenir pour séduire son grand-père, fut déléguée pour sonner par surprise à la porte de ce dernier. Il venait d'être dérangé par un Témoin de Jéhovah qui cherchait à racoler de potentiels adeptes dans les beaux quartiers. Alors qu'il s'apprêtait à renvoyer sans ménagement l'intrus qui osait revenir à l'assaut, l'aïeul fut interloqué de découvrir cette petite fille qu'il n'avait pas revue depuis son retour d'Algérie et qui se présentait d'une voix humble en baissant les yeux. Il refoula sa mauvaise humeur et la méprise joua en faveur de Victoire. Elle plaida avec conviction la cause de la famille abandonnée, évoqua l'amour du prochain, exprima son souhait d'être admise dans l'école religieuse très réputée située dans la rue adjacente, et réussit à convertir le vieil homme au pardon. Il entrebâilla la porte de l'appartement du deuxième étage qui était utilisé comme réserve des meubles et dossiers rapatriés du Danemark après la mort de la mère de Mama, une cheffe d'orchestre danoise réputée dans le monde entier, qui s'était écroulée un soir de gala sur la scène du Carnegie Hall de New York, victime d'un infarctus massif, au tout début du troisième mouvement de la *Neuvième Symphonie* de Beethoven. Victoire n'avait pas connu sa grand-mère, disparue alors que Mama n'avait que quinze ans. La petite fille se glissa devant le grand-père et poussa la porte du pied ; des nuages de poussière s'envolèrent d'un capharnaüm de vieilleries entassées, dont une multitude d'assiettes cassées ou ébréchées abritaient des toiles d'araignées et dégageaient une écœurante odeur de moisi. Un gros oiseau essaya de déployer ses ailes au-dessus de cet extravagant bric-à-brac, un pigeon qui avait dû se laisser emprisonner la seule fois de l'année où l'on avait ouvert la fenêtre. Victoire l'aida à retrouver l'air libre. Des traces de fiente recouvraient le sol en marbre et le dessus d'une vitrine en verre qui enfermait une étrange tenue : un pantalon blanc et une veste rouge surmontés d'un très haut chapeau noir en forme de cylindre, l'uniforme militaire d'un aïeul danois qui datait de l'époque napoléonienne, lui révéla le grand-père. Refoulant le dégoût que lui inspiraient ces reliques, Victoire frappa dans ses mains. Elle avait repéré qu'elle pourrait avoir sa propre chambre, loin du bavardage des jumeaux et des hauts et des bas de Mama. Elle mettrait un verrou sur sa porte et pourrait s'adonner à la lecture, enfin tranquille. Comme elle traversait l'appartement en diagonale, elle se retrouva dans une immense pièce ovale, où trônait, seul, en plein milieu de l'espace sans fenêtre, l'immense piano à queue de la grand-mère inconnue. Un rayon de soleil apparut sur le sol en marbre de l'entrée voisine. Juchée sur la pointe des pieds, elle remercia le grand-père qui se pencha pour embrasser cette petite fille qui lui avait inspiré une bonne action. Heureuse et fière d'être parvenue à ses fins, elle retrouva Mama, cachée dans l'ombre de la porte cochère, qui lui promit, pour la remercier, de trouver un professeur de piano.

Dans la vaste pièce de réception que Mama imprégna de son goût bohème, les meubles patinés, les gros coussins posés au sol, les objets placés de guingois, les tableaux aux étranges couleurs, les bougies allumées dans une pénombre ensorcelante, créaient une magie qui mettait en veilleuse la ville blafarde cachée derrière les rideaux à fleurs brodées, Victoire volait comme un ange au paradis. Ce soir-là, une fois oubliée la dispute au sujet du tiroir secret, Mama brillait de l'éclat d'une star de cinéma. Et Victoire se fit la promesse d'être toujours là pour elle, d'ignorer l'autre, l'Homme qui lui avait fait mal. Mais ce serment ne résistait jamais aux vacances. Lorsqu'elle se trouvait en Algérie, proche du Père et loin de Mama qui restait en France, Victoire ne supportait ni d'entendre son nom ni de lui parler au téléphone. La seule évocation du mot « Mama » déclenchait en elle une attaque de panique, et elle se transformait en furie. On la calmait sous une douche froide.

Elle partait alors pour le cauchemar récurrent qui empoisonna ses nuits pendant une longue période. Une femme dont les boucles blondes s'échappaient d'une choucroute à moitié écroulée, sanglée dans une jupe droite tachée d'auréoles rouge sang, titubant sur des escarpins aux talons aiguilles, sans manteau, tenant un mini-sac à main en crocodile entièrement vide, arpentait la nuit, perdue dans la rue blême. Elle appelait à l'aide, mais aucun son ne sortait, elle n'avait pas de visage. Des années plus tard, après la mort de Mama, le rêve continuerait de se manifester, mais dans un autre ordre, avec un tempo plus ralenti. Les métaphores n'étant plus en contradiction avec sa conscience devenue adulte, Victoire accepta que le monde du jour et la sphère de la nuit s'allient pour l'aider à parvenir saine et sauve sur l'autre rive, sans se laisser dévorer par une sensation de calamité. L'image de fin devint définitive, quelques scènes subsistèrent, la femme blonde resta sans voix et sans visage ; mais le cauchemar en lui-même s'évapora et Victoire s'habitua à l'étrangeté de ses apparitions nocturnes.

Dans la vraie vie, il y avait des hauts et des bas, Mama changeait d'humeur comme de coiffure, elle n'était jamais la même. Des paroles lancées comme des gifles réveillaient la blessure. Elle pouvait balancer froidement, Arrête de pleurer, tu embêtes tout le monde, alors qu'elles étaient seules et que Victoire ne pleurait pas. Puis la serrer dans ses bras en la couvrant de baisers au point de l'étouffer. Il fallait se taire pour ne pas être dévorée. Victoire savait tout cela, elle était trop jeune pour l'expliquer, mais elle le savait depuis les mots qu'elle avait vus danser sur la lettre du tiroir, elle savait que les mots peuvent tuer. Elle avait créé son vocabulaire intérieur pour résister quand la tristesse insistait. Des sonorités différentes s'annonçaient, elle les classait dans des cases, un code en quelque sorte ; ces mots annulaient ceux de la lettre et ceux de Mama qui, enfouis depuis l'enfance, vagabondaient dans un pays troublé de songes. Il y avait ceux qui lui parlaient directement, et ceux qui se cachaient plus loin en embuscade, avant de déclencher des alertes. Elle finit par figer la vie dans des traits choisis avec soin, pour tenter de l'incarner. Des voix qui n'avaient rien à voir avec celles qu'entendait son frère Benjamin et qui contrôlaient son existence.

Ces sons enfermés dans sa tête, qu'une musique spéciale liait en silence les uns aux autres, elle essayerait des années plus tard de les écrire, de les faire renaître, pour s'ouvrir à une partition suspendue au-dessus du monde, dans un univers à elle, où chaque note éloignerait le vide.

Arrivée à destination, le corps maussade mais l'humeur légère, Victoire gare d'une seule main la grosse berline silencieuse, capable des accélérations d'un fauve, devant chez elle. Une voiture à l'intérieur tout en cuir, dont l'odeur sourde et musquée la rassure comme une amie proche, avec laquelle elle échange les souvenirs et les impressions qu'elle ne partage avec personne. À cette époque de l'année, en plein été, les habitants de la rue où est situé son appartement sur la rive gauche au sud de Paris sont en vacances et les places sont nombreuses le long du trottoir. Le fond de l'air tiède sent le bitume et le caoutchouc chaud, l'odeur citadine que Victoire a désormais adoptée depuis qu'elle a cessé d'être une enfant. Alors qu'après avoir fait quelques pas, elle s'étire et savoure cet instant d'intimité, elle lève les yeux au ciel, rebrousse chemin et s'empare de l'urne qui patiente dans le coffre. Elle avait à nouveau oublié que le Père était mort. Mais l'ombre d'un spectre frissonne dans son dos.

Retour en enfance

Victoire est devenue une jolie petite fille. Alors qu'elle descend de l'avion à l'aéroport de Maison-Blanche à Alger, la chaleur moite de l'été l'enveloppe, une sensualité familière la saisit, dissipe ses peurs, la mémoire monte sous le soleil, les mornes jours se dissipent. Elle se sent légère, remplie d'allégresse, de la joie soudaine de naître à nouveau. Dieu que cette terre lui a manqué. Peu importe le béton de la piste, le parfum est bien là, à la fois âcre et suave, celui d'avant, celui des palmiers qui dressent fièrement leur tête sur les bords de la piste. Évanouie l'odeur de vieux tissu fade qui fait mal au cœur dans l'avion. Elle entend le chant des oiseaux, la magie existe.

C'est les vacances. Ils ont voyagé tous les trois comme des enfants seuls, une pancarte autour du cou. Les jumeaux, qui ont vomi tout au long de la traversée, la suivent comme des zombies. À force d'être deux, ils vivent repliés sur un monde à eux, un monde qui n'a pas les mêmes couleurs que le sien, peut-être ne savent-ils même pas qu'ils sont nés là. Elle aimerait mettre du bonheur dans leur vie, les prend chacun par une main. Et s'avance vers l'Homme qui vient vers elle et qu'elle fait mine de ne pas reconnaître.

Le hall d'arrivée est rempli de gens qui parlent fort et sont habillés comme en été. Trop voyante dans sa jupe plissée blanche et ses sandales assorties en cuir, elle a envie de lâcher la main des jumeaux tout vêtus de blanc taché qu'elle trimballe comme des paquets endimanchés. Impossible de se fondre dans cette masse bruyante et joyeuse qui, c'est sûr, n'a d'yeux que pour eux. Le cœur se serre, la colère palpite. Victoire voit l'Homme qui tranche avec la foule. Il porte un pantalon ample et clair, se dirige vers eux, légèrement penché en avant comme s'il allait prendre son élan, d'une foulée élastique qui ressemble à une danse – la silhouette de Fred Astaire quand il faisait des claquettes avec Ginger Rogers, se dira-t-elle un jour ; il est seul de son espèce, différent, plus grand que les autres, plus beau aussi. Le bras levé à hauteur des yeux, elle le dévisage en douce. Il y a comme une gêne, elle fait un pas de côté pour échapper aux effusions. Il lui dit qu'elle a grandi et lui caresse les cheveux. Les jumeaux se collent contre elle chacun d'un côté. Des amis hèlent l'Homme, des amis bronzés qui reviennent de la plage, sentent le soleil et l'ambre solaire, portent des shorts aux couleurs vives et des tongs aux pieds, rient haut et fort, font beaucoup de gestes avec les mains. Ils respirent la vie facile, la joie d'être ensemble et les vacances éternelles. Elle entend les intonations de leur langue particulière que Mama trouve vulgaire, elle qui s'exprime avec une très distinguée pointe d'accent scandinave. Le cœur battant à l'idée de trahir Mama, Victoire dissimule son bonheur d'être là derrière un visage renfrogné.

Trop lisse et trop propre, elle ressent le besoin de se salir. Elle s'éloigne en silence vers une poubelle qu'elle a repérée à quelques mètres et se frotte contre les parois douteuses pour souiller sa jupe blanche. Puis elle détourne la tête pour lâcher ses cheveux longs retenus très serrés par une grosse barrette en écaille qui lui scie les tempes. Elle porte des socquettes grotesques dans ses sandales. L'un des amis du Père lance quelques mots qu'il croit intelligents à propos des petits *Patos* qui débarquent au pays et ont bien besoin de prendre des couleurs. Elle ne sait pas quoi faire de son corps. Elle lui jette un regard noir.

Le chauffeur apporte leurs valises qu'il est allé chercher aux bagages avec un passe-droit. Les pieds-noirs ont toujours des passe-droits qu'ils font valoir auprès de ceux qui les servent. Le chauffeur murmure à l'oreille de l'Homme qu'il faut aller récupérer la caisse arrivée de Paris par le même avion que les enfants. L'Homme alors marche à grandes enjambées de son pas alerte et souple, un sourire aux lèvres, tandis que Victoire trottine à ses côtés. Elle chasse la bouffée de fierté qui surgit sans prévenir. L'Homme serre la main du douanier qui ouvre un carton rempli de bouteilles.

– Pas de contrebande, surtout pendant le ramadan, dit le douanier avec un clin d'œil. L'Homme dévisse un des bouchons, boit une gorgée de whisky pour entamer la bouteille. Le douanier part d'un grand éclat de rire.

– J'ai charge d'âme, dit l'Homme en attirant Victoire contre lui. Douze gorgées pour douze bouteilles, ce serait trop pour un homme au volant.

Il ressemble à Cary Grant dans *La Main au collet* quand il fait du charme à la jolie blonde. Elle a vu ce film avec Mama. Oui, l'Homme a l'allure d'un acteur américain qui se faufile sur les toits avec désinvolture. Pendant quelques instants, elle tombe dans le panneau, subjuguée par son aisance, son audace, le sourire indéfinissable qui accompagne sa démarche rapide. Il porte comme elle des chaussures en cuir blanc, mais lui peut tout se permettre, il a de la classe. Puis elle ralentit le pas, lâche la main de l'Homme, elle n'aime pas l'Homme, elle ne veut pas le suivre, elle ne veut pas lui ressembler, elle ne veut surtout pas qu'il soit son père, il a cassé Mama. La seule fois où elle l'avait revu à Paris après son retour d'Alger, il était venu la chercher à l'école dans une Jaguar blanche. Il portait une veste en daim claire et lui avait demandé comment elle supportait les nonnes. Plus tard il avait sonné à la porte de l'appartement alors que Mama était absente. Victoire était en train de sauter à la corde avec une amie d'école. Elle avait rougi parce qu'elle avait dit que son père était mort. L'amie avait regardé cet homme en visite qui fumait assis sur le fauteuil moiré à gauche dans le salon. Victoire ne lui avait pas adressé la parole. Il avait fini par partir, en laissant derrière lui une forte odeur de tabac, les Gitanes filtre qu'il fumait à Paris, et des effluves de l'eau de Cologne Roger & Gallet imprégnaient l'atmosphère.

Elle rejoint les jumeaux posés dans le grand hall de l'aéroport telles des potiches près des amis en tongs, ils n'ont pas bougé, jettent autour d'eux des yeux apeurés, comme s'ils n'étaient pas tout à fait sûrs de devoir attendre. L'Homme les a à peine remarqués, elle se demande à quoi ils pensent, ils ont de la chance qu'on leur fiche la paix.

Dehors, des paras en tenue de camouflage portent des fusils-mitrailleurs. Benjamin, le petit frère, court vers eux pour toucher un uniforme. Brahim, le chauffeur, s'élance et le prend par la manche. Surtout ne t'approche pas d'eux, ils sont méchants, dit-il. L'Homme regarde le chauffeur d'un œil songeur.

Après le long trajet en voiture qui les mène de l'aéroport au Djena, la nouvelle maison d'El Biar, après que les jumeaux ont encore vomi et pleuré, l'Homme s'accroupit dans le jardin devant Victoire et lui prend les mains.

– C'est la guerre, dit-il.

Les cheveux bruns de l'Homme forment un cran sur le haut de sa tête, ses grandes oreilles sont décollées. Son parfum mélangé aux effluves de figue et de mimosa du jardin lui fait tourner la tête. Le bruit joyeux des cigales étouffe la voix de l'Homme. Elle n'a pas envie qu'il lui parle.

– C'est la guerre, dit-il à nouveau. Tu es grande maintenant, tu as l'âge de garder un secret. Je serai obligé de souvent m'absenter ou de recevoir des gens que tu ne connais pas.

– D'autres hommes ?

– Oui, d'autres hommes. Si un jour quelqu'un te pose des questions, tu ne sais pas où je suis, tu ne sais rien. Plus tard je t'expliquerai.

– On pourra aller au Monoprix de la rue Michelet ? dit-elle. L'Homme la regarde sans comprendre.

Mama a rempli les valises au minimum. C'est à l'Homme d'acheter les habits d'été. Victoire a honte de ses vêtements bien élevés, elle veut ressembler aux autres enfants sur la plage. Elle a fait ses plans dans l'avion. Les yeux dans le vague, la tête posée sur l'épaule de l'Homme toujours agenouillé devant elle, qui lui caresse les cheveux comme s'ils partageaient un moment d'intimité, elle est absorbée dans les vêtements qu'elle doit acquérir à tout prix. Au Monoprix d'Alger, on trouve les costumes de bain deux pièces, coupés dans un vichy à carreaux, que toutes les petites filles portent à la plage des Pins ; elle en choisira deux, un rose et un bleu. Il n'est pas question qu'elle se fasse remarquer, d'autant qu'elle ne pourra échapper à l'épreuve coups de soleil sur sa peau blanche comme un linge héritée de la mère nordique, tandis que les autres enfants bronzés déambulent tels des gravures de mode ou des félins. Il n'y a rien à faire, malgré ses efforts Victoire détonne à la plage des Pins, où se rendent les familles bourgeoises que l'Homme fréquente.

– On pourra aussi aller manger une glace au Grand Café ? demande-t-elle à l'Homme qui fronce les sourcils.

– Sors de tes rêves, dit-il, je te parle et tu n'écoutes pas. Je n'ai pas que ça à faire. Il faut que tu comprennes que c'est la guerre. Aller en ville, marcher dans les quartiers des grands magasins et des cafés est dangereux. Le Milk-Bar et la cafétéria ont été plastiqués, les bombes ont tout détruit. Il n'y a plus de glacier. Tu vas rester à la maison. Et on ira à la plage en voiture.

Elle rêve du goût des gros beignets qui laissent leur trace sur le papier huilé, des *zoublis* craquants et gaufrés de Mohamed qui hèle le client de sa voix mélodieuse et de sa crécelle à la plage. Elle rêve du sable fin et chaud et des pignons qu'elle ramasse sur les aiguilles de pin. Elle s'en fiche de la guerre.

– Tu es grande, répète-t-il, tu es raisonnable. Tu peux comprendre. Si la rue est calme, je m'arrêterai à La Genevoise pour acheter des cornes de gazelle.

– Tu travailles pour la paix ?

– Oui, répond-il en souriant, j'ai un rôle à jouer dans ce pays, je ne peux pas quitter l'Algérie.

– C'est pour ça que tu nous as abandonnés ?

– Tu comprendras quand tu seras plus grande, dit-il à voix basse. Ce n'est pas comme ça qu'il faut voir les choses.

– Tu veux dire que tu n'es pas sûr d'avoir abandonné tes enfants ?

De son pas élastique, il s'éloigne la tête baissée vers le lourd portail ouvragé, dont la peinture couleur mer est écaillée. Sur le battant extérieur, les lettres du mot *Djena*, « paradis » en français, se découpent au soleil. En contrebas, voilés par la poussière de la route, on aperçoit deux trous entourés d'éclats de bois, causés par des coups de feu.

Victoire a de la suite dans les idées. Elle convaincra Brahim qui ne lui refuse jamais rien de l'accompagner en ville avec la voiture. Puis il l'emmènera rendre visite à ses cousins, dans la campagne voisine, sous le soleil qui cogne. Leurs parents sont des colons qui cultivent des vignes aux alentours de Cheraga, à mi-chemin entre Alger et la plage des Pins. Dans leur immense propriété, des hectares de terre rouge s'étendent à perte de vue ; elle a essayé de marcher jusqu'au bout, mais le lieu est sans fin. Tout est calme et beau dans cet endroit, on traite les ouvriers qui travaillent chaque jour jusqu'au coucher du soleil comme des enfants : soit on leur sourit, soit on leur fait des reproches. Il y a deux univers différents, mais rien ne dépasse, tout le monde s'entend bien. Victoire se promène souvent entre les rangs de plants de vignes, qu'elle veille à ne pas écraser. Les colons font tous du vin, pas de jus de raisin, même si les musulmans ne boivent pas d'alcool.

Ce souvenir la renvoie à une image de la maison de l'enfance. Au mur du couloir du premier étage, sur un fond bleu comme la mer, était encadrée une grande affiche qui montrait un homme coiffé d'un chèche rouge souriant de toutes ses dents et tenant à bout de bras une bouteille de Selecto, dont les lettres, rouges également, se détachaient sur la buée du verre. L'homme qui posait ressemblait à Toufik, ses yeux riaient et Victoire lui rendait son sourire. Il ne s'agissait pas d'une réclame pour dentifrice, mais d'une photo d'un Algérien qui buvait une boisson sans alcool fabriquée dans l'usine du Père. Pour la première fois, un chef d'entreprise européen faisait poser un Algérien sur une publicité dont le texte était rédigé en français et en arabe. Les affiches placardées à l'arrière des camions dans les villes firent scandale chez les pieds-noirs. Un crime de lèse-majesté aggravé par des portraits de personnages connus qui souriaient sur les affiches : un champion cycliste, un joueur de football réputé, et surtout, le grand chef nationaliste Ferhat Abbas. Le Père fut honni ; la maison resta silencieuse, les dîners se firent rares, les amis commencèrent à fuir.

Les rayons du soleil se frayent un chemin à travers les arbres. Victoire lève la tête, ferme les yeux, bercée par les images d'un rêve traversé d'un moment de lumière, une petite brise effleure son visage. Le ruisseau qui serpente au milieu des bassins envahis de jacinthes d'eau et de papyrus se fond plus loin en une fontaine s'écoulant dans une vasque en marbre. Étourdie par le bruit de l'eau associé au chant des oiseaux, la volupté des lézards allongés au soleil, le concert des cigales qui s'élève au-dessus du grand patio ombragé sous des colonnes mauresques, elle vacille sur ses jambes. Seule au monde dans ce paradis qui n'est qu'à elle, elle enlève ses chaussures et s'assoit sur le banc tapissé de céramiques bleues et vertes situé sur la gauche de la nouvelle maison, cette maison qu'elle va visiter pour la première fois – l'Homme a une nouvelle femme – et elle déguste en silence cet instant de grâce qui soulève les traces de son enfance heureuse et lumineuse, avec l'écoulement du temps. Alors qu'elle fait quelques pas sur les dalles chaudes de soleil, une voix l'appelle, Mama la demande au téléphone. Un soleil glacé la cloue au sol, des tremblements l'agitent. Non elle ne parlera pas à sa mère.

Kheira dévale les marches du perron recouvertes de zelliges turquoise, les mêmes que ceux des bancs en pierre qui composaient autrefois le salon de jardin de la maison d'avant, court à sa rencontre dans son haïk blanc, pousse un cri de joie et la serre sur son cœur. Victoire se blottit contre ses seins, sur sa peau douce et ocre qui sent l'orange et le safran, s'enroule dans le chuchotement des mots d'amour chantonnés par la nounou.

Le rendez-vous du patriarche

Victoire s'était présentée au rendez-vous dans la maison basque que le Père ne quittait plus depuis qu'il avait cessé de travailler, et dans laquelle il disparaîtrait dix années plus tard. C'était une fin de journée d'automne, le ciel était pâle et les feuilles mortes. Amassées au râteau, taches rouges sur le gazon grillé, elles caressaient les pieds du fauteuil en rotin sur lequel était assis le Père, près de la baie vitrée. Il ressemblait à un vieil homme condamné à endurer une posture instable sur un coussin trop mou. L'infirmière était catégorique, Monsieur devait prendre l'air. Il accueillit sa fille avec empressement, lui tendit la main en souriant, pour qu'elle le mène jusqu'au salon, devenu son antre. La haute silhouette du Père s'étant tassée et voûtée, sa fille était devenue plus grande que lui et se sentait infiniment maladroite.

Il se laissa tomber en soufflant sur son canapé, elle prit place sur le fauteuil marron face à lui, le dos à la cheminée. Au bord, au cas où elle déciderait de s'en aller. Le Père lui demanda d'entrée où elle en était de ses tentatives de grossesse. Victoire se garda de répondre. Ce n'est pas avec lui qu'elle allait évoquer son sentiment d'inutilité. Éviter de parler sentiments. Ne pas tomber dans l'apitoiement.

– À quarante ans passés, il est temps d'accepter que tu ne seras pas mère. Crois-moi il n'y a pas que ça dans la vie. Tu as choisi d'avoir une carrière, un poste important dans un magazine renommé. Tu gagnes bien ta vie, tu es brillante, indépendante. Pourquoi t'encombrer à ton âge de contraintes finalement bien décevantes ? Tu donnes le jour à des petites merveilles qui finissent par te reprocher ton existence et par s'envoler dans un monde qui t'échappe. Je suis fier de toi, tu es celle qui me ressemble le plus, qui me comprend le mieux. Oui, mes enfants n'ont pas toujours occupé le premier plan dans ma vie. J'ai été happé par mes convictions politiques. On ne peut pas tout faire.

Elle fut sur le point de répondre, mais les mots se dissipèrent dans l'atmosphère. Elle se contenta de hocher la tête, comme un cheval sur le point de partir au trot. Elle observait ce que disait le Père plutôt qu'elle ne l'écoutait, le discours se déroulait autour d'elle, mais elle ne parvenait pas à être complètement ailleurs. C'était comme si elle ressentait un endroit douloureux sur le corps et qu'elle ne pouvait pas s'empêcher d'y penser. Pour supporter l'infâme odeur de fin du monde qui régnait dans ce lieu, elle avait pris l'habitude de boire au goulot, juste avant d'arriver, des gorgées d'alcool fort. Un sourire figé sur les lèvres, elle s'apprêtait à glisser délicatement son regard dans celui du Père. Il s'était endormi, la tête penchée sur le haut gansé de sa djellaba, la bouche ouverte, les yeux avalés dans leurs orbites. Elle était là, assise en face de lui, simplement avec lui, dissous dans la fatigue, peut-être déjà dans les murmures d'une autre vie.

Redoutant les ronflements, elle quitta la pièce et se rendit au jardin. Allongée sur le gazon grillé, les yeux suivant les nuages en train de se former dans le ciel indécis, elle repensa à sa dernière FIV, la cinquième ; elle n'avait jamais réussi à être enceinte, même pour un, deux, quinze jours, rien, un vide abyssal, un ventre mort. Lors de l'ultime essai, deux mois auparavant, alors qu'avait été pratiquée la ponction de ses ovocytes sous anesthésie générale, son mari ne se présenta pas pour le recueil du sperme et l'insémination. Il s'était trompé d'hôpital, ce qui aujourd'hui lui paraissait du plus haut comique. Il fallut renoncer à l'opération. Victoire, d'abord ulcérée par l'acte manqué, fut triste, puis humiliée, puis soulagée. Il avait vingt ans de plus qu'elle, elle avait follement aimé son corps athlétique au début – pendant toute sa vie amoureuse elle n'avait supporté que les débuts – puis s'était rapidement lassée de la peau devenue flasque et du ventre proéminent. Elle l'ajouta à sa collection d'aventures foireuses ; elle n'était pas faite pour la vie à deux. Elle resterait seule. Elle renonça à la maternité.

Dans le salon, le Père était toujours endormi ; comme il avait légèrement changé de position, la clef qu'il portait autour du cou telle une médaille enchâssée sur un cordon noir, dont il ne se séparait jamais, s'était échappée du haut de la djellaba. C'était la clef qui ouvrait le coffre-fort dissimulé dans une niche derrière un tableau très bien peint représentant son grand-père vêtu de noir avec une barbe blanche. L'aïeul semblait porter un regard sévère sur un monde dépravé. Victoire était la seule des enfants que le Père n'aidât pas financièrement. Les autres, en plus d'être mal mariés, étaient incapables de gagner leur vie correctement. Il levait les yeux au ciel, baissait la voix lorsqu'il faisait référence à ses enfants, adoptait un ton à la fois résigné et méprisant, et lui lançait un regard de connivence. Le Père se déplaçant avec difficulté, Victoire était appelée à contribution pour ouvrir le coffre et en retirer des billets entassés, qu'elle tapotait pour les transformer en liasses, puis en petits paquets bien nets comme dans le jeu du Monopoly. Le patriarche les distribuerait à untel ou unetelle qui était dans le besoin. En même temps qu'il contrôlait les autres, il lui rappelait son rôle d'aînée. Elle n'était pas dupe de la manipulation, faisait comme si elle était flattée, au fond peut-être l'était-elle, ils se souriaient l'un l'autre d'un air complice, elle luttait contre la confusion qui s'annonçait, refusait d'éprouver des sentiments ; l'ambivalence lui donnait la nausée, était-elle séduite ou soumise, sa lâcheté pesait si lourd, trop lourd pour y penser. Dans un grand cahier à couverture noire et rigide posé devant lui sur la table marine en acajou brillant, il inscrivait en chiffres et lettres bien appliqués, sur des pages quadrillées comme des documents comptables, toutes ses dépenses, du carnet de timbres aux courses du supermarché, jusqu'aux dons qu'il appelait des prêts. Il se félicitait de préparer ainsi une répartition absolument égale de ses biens entre chacun des enfants, quand le moment serait venu. Un respectueux notaire local aussi bedonnant qu'obséquieux était sommé d'accourir toutes affaires cessantes lorsque les calculs du Père se révélaient erronés pour des raisons de Bourse fluctuante. À la demande du Père, Victoire assistait régulièrement à ces rendez-vous d'apothicaires férus de justice. Bien que l'obsession d'équité semblât illustrer la noblesse d'une intention, elle avait néanmoins l'intuition que cet excès de zèle reflétait une mise en scène aux contours malsains annonçant une chute inattendue.

Le Père, sorti des limbes, toussota, se racla la gorge, le visage tendu vers le plafond, les yeux plissés comme s'il cherchait ses mots, il cherchait toujours ses mots, enfouis sous des strates de pensée alambiquée. Le son de la télévision susurrait un bruit de fond, la phrase s'annonçait longue, au loin dans le jardin le ciel était bas. Victoire, pelotonnée dans son écharpe, posa les yeux sur le décor du grand salon néobaroque teinté de style basque. Des tons rouges, bruns et or côtoyaient des effets marbre rose, un mélange tape-à-l'œil, que Mama aurait qualifié de typiquement pied-noir. Cette pièce centrale aurait dû être baignée de soleil, mais la lumière y pénétrait à peine, parce qu'elle était construite en contrebas du niveau du sol. Le Père trônait dans le canapé, enveloppé dans la djellaba qu'il ne quittait plus depuis qu'il ne sortait plus. Le mince tuyau qui lui rentrait dans le nez avait l'apparence d'un lézard à deux têtes. Quand il parlait sa voix tremblait. Sa respiration déposait de la buée sur ses lunettes. Il était courageux.

La phrase tomba enfin.

– Pour la postérité, les enfants, la famille... j'aimerais, ce serait important, laisser une trace de mon expérience algérienne, je veux dire de ma participation aux négociations de l'indépendance en 1962.

Un ange passa.

– À la limite tu pourrais en faire un livre, poursuivit-il en regardant ailleurs ; il n'aimait pas les face-à-face. Tu es journaliste, ces interviews que tu enregistrerais, tu les rédigerais en deux temps trois mouvements. (Un silence.) Je sais que je peux compter sur toi.

« À la limite ». « En deux temps trois mouvements ». Elle resta de marbre. Collée à son siège capitonné. Les yeux vides. La pensée floue.

Il repartit chercher ses mots, la tête penchée en avant, le menton assis dans la main droite, les deux coudes posés sur les genoux, un penseur en djellaba. Elle l'entendait déglutir, elle avait l'habitude, il mettait un temps fou à réfléchir avant de s'exprimer lorsque l'enjeu était important. Elle attendrait qu'il réapparaisse. Elle fit quelques pas, se saisit d'un vieil album posé sur une console veinée de traînées roses, un de ces vieux albums usés rescapé d'une cave inondée, dont quelques photos disséminées sur des pages gondolées racontaient des histoires anciennes, bien qu'une sorte de chronologie émergeât à travers un collage capricieux. Beaucoup d'images avaient été volées ou noyées, il restait des bouts de famille, des sourires forcés, des groupes qui posaient, quelques portraits de Victoire qui regardait ailleurs, comme si elle faisait de la figuration.

Des rangées de livres de couleurs rouge et noire se tenaient tout droit sur les étagères d'une haute bibliothèque. Victoire jeta un œil au Père pour voir où il en était de ses élucubrations intérieures, se déplaça pour feuilleter un ouvrage. Elle était curieuse de découvrir ses lectures, lui qui ne parlait jamais littérature ; il y trouvait peu d'intérêt et avait renoncé à le simuler. Elle découvrit qu'il s'agissait de reliures en carton collées les unes aux autres, des blocs sans pages, une vague de faux livres avec dos en cuir gravés de titres en lettres dorées. Ainsi était exposée la collection entière des Jules Verne, celle de *La Recherche du temps perdu* de Proust. Des faux livres qui s'achetaient au mètre.

– C'est quoi ces merdes ? demanda-t-elle au Père

qui n'avait pas encore repris la parole, mais la suivait des yeux.

– Oh rien ! un héritage des anciens propriétaires qui les ont laissés en quittant la maison, dit-il.

– C'est ça que tu veux que j'écrive, un livre bidon ?

Il détourna le regard, prit son temps. Encore.

– Quand j'ai quitté Alger en 1965, en catastrophe comme tu le sais, j'ai été emmené directement à l'aéroport. Je suis parti sans rien, j'ai tout laissé derrière moi. Alors les livres…

Il marqua un temps d'arrêt.

– Si tu refuses d'en écrire un, un pan de notre histoire familiale disparaîtra.

Les étagères du bas de la bibliothèque étaient remplies d'ouvrages et de revues sur l'Algérie. La pièce entière respirait l'Algérie, la table basse jonchée de documents classés en piles, des articles de journaux qu'il découpait, annotait, entassait ; posée au centre de la cheminée une photo du frère harki de Toufik, qui s'était éteint dans un camp de la honte peu après son rapatriement, voisinait avec le narguilé offert par Brahim le chauffeur kabyle qui avait pris sa retraite dans le Sud-Ouest auprès de son fils. Entouré de grigris mauresques disséminés à portée de son regard voilé derrière des lunettes dont une branche avait disparu, vêtu comme un vieux sage assis dans un souk, il était enfermé avec son passé dans un musée algérien. Ses mains semblaient gravées dans des siècles d'histoire. Des mains noueuses constellées de taches brunes sur une peau diaphane, déformées par les phalanges saillantes comme du bois mort, soutenues par d'épaisses veines bleues courant jusqu'aux poignets devenus fins comme ceux d'un enfant. Les ongles longs, épais, striés, de la corne de cadavre, ricanait-il, trop dure pour être coupée. Des doigts tordus menaçant de perforer les paumes ridées, des mains de vieillard qui avaient renoncé à toute autorité, étaient sur le point de se briser, donnaient envie de pleurer.

Il y eut du chaos dans la tête de Victoire. Elle regarda ce vieil homme endormi dans le brouillard de sa mémoire, créature légèrement tremblante qui avait besoin de se raconter, de dire les mots qu'il n'avait peut-être jamais révélés, d'être sincère, enfin. Comment savoir ? Elle redoutait ses confidences, qui le plus souvent tournaient autour de ses affres de séducteur infatigable, les femmes, ses conquêtes, ses tromperies qu'il fallait garder secrètes, ses ruptures. Un don Juan romantique qui ne se contentait pas de séduire, mais tombait amoureux, se lassait, puis s'apitoyait sur lui-même, n'exprimant aucune souffrance autre que l'inconfort d'un chagrin d'amour sans importance.

Elle écoutait, impassible, les révélations indiscrètes dont l'intimité l'embarrassait. Il imaginait sans doute que le silence de sa fille valait pardon, alors qu'elle ne savait pas quoi faire de ces confessions toxiques qui la dégoûtaient. Aux autres, ceux de l'extérieur, qui ne tarissaient pas d'éloges à son sujet, il offrait une image de sage, donnait des conseils avisés, racontait de fascinantes histoires algériennes. Il était l'oncle admirable, le père de substitution, les cousins se battaient pour lui rendre visite. Victoire avait parfois assisté à ces rendez-vous, prenant soin de se poster à l'autre bout de la pièce, d'où elle observait fascinée ce spectacle, cette leçon de double jeu dont il était sans doute inconscient. Et elle avait l'impression d'être entrée dans cette vie en se trompant de porte.

– Et puis une collaboration père-fille, ça pourrait être intéressant…, dit-il dans son dos.

Elle sursauta, comme si elle avait été prise en faute.

– La plupart des livres évoquant la guerre d'Algérie relatent cette période et le rôle que tu y as joué auprès des chefs du FLN après les accords d'Évian. Je ne suis pas historienne, je suis incapable de retenir une date, j'aurais honte de m'improviser spécialiste d'une période dont mon point de vue est distant. Je ne vois pas ce que je pourrais apporter de plus que ce qui existe déjà. L'admiration de ta fille ? C'est risqué ça, dit-elle avec un clin d'œil.

– Il suffira que je réponde à des questions que nous pourrons préparer ensemble.

Elle le regarda sans comprendre ou plutôt si, elle comprenait, elle serait une potiche. Mais surtout, elle se sentait incapable de plonger dans la vie du Père. Elle n'avait pas envie de savoir. Ni qui elle était ni d'où elle venait.

– Tu es émue, dit-il, même si tu essayes de prétendre le contraire.

Émue ? Un vertige la saisit, non c'est une autre détresse qui l'envahissait, un blocage coincé dans sa gorge, qui tétanisait sa mâchoire, l'empêchait de réagir. Elle poussa un soupir qui ressemblait à un renoncement. Elle l'achèverait en disant non.

– Et puis… Pourquoi moi ? Pourquoi pas un auteur extérieur ? s'entendit-elle proposer avec la voix d'un condamné.

– Pourquoi toi ? dit-il en levant les sourcils.

Un silence. Il chercha ses mots.

– Parce que je t'ai sauvé la vie.

Victoire resta interdite.

– Tu as failli mourir quand tu avais un an.

– Il paraît, oui. Et alors ? j'ai une dette envers toi ?

Il lui coupa la parole.

– C'est une façon de parler.

Il fit une pause, évita de la regarder, reprit sa respiration.

– Même si tu n'en as pas conscience, poursuivit-il, nous sommes liés par ce violent épisode. C'est la raison pour laquelle tu seras toujours pour moi un être à part, un trésor n'appartenant qu'à moi.

Victoire le regarda abasourdie.

– Ma vie a basculé le jour de ta naissance. Moi, ce coureur invétéré, cet être volage et superficiel, je fus anéanti par l'arrivée d'un petit bout de chou, mon premier bébé, une fille si jolie que j'ai aimée plus que tout au monde. Ma vie a basculé à nouveau un an plus tard. Tu as entendu parler de l'incident mais tu ne le connais pas en détail. C'était l'été. Ta mère et moi avions loué une maison au club de la plage des Pins, à l'ouest d'Alger pour être au bord de la mer. Tu avais un an, les jumeaux un mois. Tu as commencé à vomir. Un connard de pédiatre a décrété qu'il fallait te donner du jus de viande. Tu es devenue de plus en plus bizarre, ton teint virait au noir, tes yeux commençaient à se révulser. Il était onze heures du soir, un jeune médecin m'a conseillé d'aller demander son avis à un professeur qui habitait Surcouf, à une trentaine de kilomètres à l'est d'Alger, tout à fait de l'autre côté. Je n'ai jamais conduit aussi vite, le pied au plancher, en pleine nuit, les pneus crissaient dans la poussière, les chiens-loups beuglaient dans les pins. J'ai eu un mal fou à réveiller le toubib, j'ai décrit tes symptômes. Il a dit, C'est une toxicose, il faut la mettre sous oxygène, c'est une question de demi-heure. J'ai appelé ta mère, elle a foncé à la clinique des Orangers, là où tu étais née. Tu es restée dans le coma, sous oxygène, deux jours entre la vie et la mort. J'ai cru que j'allais mourir moi-même, j'aurais donné ma vie pour toi. Je me suis juré que jamais je ne t'abandonnerais, que nous serions des complices pour l'éternité.

Il s'interrompit, essoufflé, les pommettes rouges, la fièvre sans doute montait. Il avait les larmes aux yeux, elle fit comme si de rien n'était.

– C'est toi qui as besoin d'oxygène, dit Victoire.

Elle se leva prestement pour aller augmenter le débit sur la machine infernale.

Il lui était arrivé d'évoquer quelques bribes de l'incident face à un auditoire mondain ; il la regardait alors avec une malicieuse tendresse, et elle souriait bêtement. Mais jamais il ne lui avait raconté cette histoire de bébé qui va mourir, la seule expérience de papa qu'elle lui connût.

Un nouvel ange passa. Victoire fut sur le point de prononcer une phrase qui s'évanouit dans l'atmosphère.

Elle ne savait pas comment prendre la main tremblante d'un vieillard aux lunettes embuées. Elle se sentait cadenassée, coupée de la douleur et de l'émotion, dure comme un roc, impénétrable ; fallait-il parler ou se taire ?

– On est de la même trempe, dit-il d'une voix légèrement rauque, libres et solitaires, pudiques et combattants. J'ai entrepris, c'est à toi de transmettre.

Il avait repris le contrôle de sa vie et de celle de sa fille.

– La petite histoire dans la Grande Histoire, ça ne s'écrit pas en deux temps trois mouvements, dit-elle, les yeux fixés au sol.

– Je prends le risque, insista-t-il. Il s'agit seulement de développer la partie des « Événements » – c'est comme ça qu'on appelait la guerre d'Algérie – pendant laquelle j'ai eu un rôle. Je te donnerai les détails qui te permettront d'écrire un texte plus enrichi qu'un simple paragraphe dans un livre d'histoire. Il n'est pas question de raconter ma vie privée.

Un long silence suivit.

– C'est ainsi que je vois les choses, ajouta-t-il. Mais bien sûr tu feras ce que tu veux.

Il monta le son de la télévision.

Il savait si bien naviguer entre le clair et l'obscur, le chaud et le froid, occuper tout l'espace, s'improviser héros de roman. Il était le patriarche. Elle était à son service. Elle subirait les sarcasmes des historiens. Et surtout, serait-elle capable de traverser l'épaisseur de l'ombre qui peuplait ses nuits ? De déterrer, à plus de quarante ans, l'enfant ensevelie dans le sable avec seulement la tête qui dépasse ?

Un sentiment d'étrangeté la saisit. À force de penser dans sa tête, elle pensait dans celle du Père, tandis que le Père pensait dans celle de sa fille. Comme si se superposaient deux histoires différentes issues d'un tronc commun.

Elle dit seulement, On verra, et tourna les talons.

La parenthèse du cabanon

Le cœur lourd après avoir quitté le salon où s'était déroulé le rendez-vous qu'elle venait d'abréger, Victoire vint s'asseoir dans le jardin de la maison basque auprès de la statue sculptée par la tante Anna. Elle caressa la pierre grise contre laquelle elle semblait lovée, cherchant peut-être à réchauffer le matériau froid et rugueux, évocateur pour elle d'une infinie douceur. Un geste qui la renvoya au fin tissu qui recouvrait autrefois le lit de Mama et qu'elle se plaisait à froisser entre ses doigts lorsqu'elle était enfant. Un très léger sourire aux lèvres, elle entreprit d'extirper les racines et feuilles de lierre qui commençaient à envahir l'objet. Et, comme souvent lorsqu'elle ressentait le besoin d'être consolée, elle ferma les yeux pour penser à sa tante.

Anna était la sœur du Père, de trois ans son aînée, l'artiste de la famille, qui avait dans ses très jeunes années intégré un mouvement artistique avant-gardiste annonçant les fondements de l'art contemporain. C'est lors d'une réunion de travail qu'elle rencontra son futur mari qui cessa de peindre pour se consacrer à l'œuvre de sa femme, et s'orienta vers l'écriture et l'enseignement. Petite créature vive et volubile, la tante Anna au regard franc et bleu toujours enjoué, contrastant avec un étonnant rire de gorge, s'habillait comme une bohémienne, superposant des vêtements choisis au hasard qu'elle recouvrait de châles en hiver, et elle vagabondait, toujours pressée, la semelle de ses sabots frappant le sol comme un métronome réglé sur des doubles croches. La silhouette longue et dégingandée de l'oncle toujours vêtu de noir dessinait une sorte de contrepoint silencieux à ce couple inclassable.

La sculpture dont la pierre était parsemée de mousse renvoya Victoire plusieurs dizaines d'années en arrière, au temps où, enfant puis toute jeune adolescente, elle passait des fins de semaine dans la minuscule annexe que l'oncle et la tante habitaient avec leur fils unique, son cousin âgé d'un an de plus qu'elle. Sans étage, posée à l'arrière d'une villa située au bord de la plage de Sidi-Ferruch, à trente kilomètres à l'ouest d'Alger, elle cachait sa façade pelée derrière des planches de chantier restées brutes. Deux mimosas dont les branches supérieures se rejoignaient pour former un parasol à pois jaunes encadraient la maison pas plus grande qu'un cabanon. Victoire voyait dans les ouvertures de la façade les deux yeux et la bouche souriante de ses dessins d'enfant. Une vie légère et facile coulait dans ce lieu où le rire était constant. Victoire contemplait en silence les gens et les choses qui peu à peu devinrent familiers. C'est dans ce lieu généreux qu'elle découvrit son goût pour la lecture. Allongée près du poêle à bois déglingué qui jouxtait la petite cuisine, elle apprit à s'enfuir avec Rémi, l'enfant triste du *Sans famille* de la Bibliothèque verte, s'attacha au naufrage de Vendredi et sa vie sauvage, puis au murmure mélancolique du *Balcon en forêt* de Julien Gracq. Bercée à l'intérieur d'un doux rêve oriental, elle découvrit la poésie des petits riens, les désordres du cabanon beaux comme des tableaux, les morceaux de tissus bariolés qui réveillaient les meubles, les moucharabiehs qui tenaient lieu de moustiquaires, les livres empilés qui dansaient contre les murs, les céramiques de la tante qui formaient un chemin au sol. On trébuchait sur un tapis trop vieux pour être abandonné.

L'oncle et la tante initièrent les cousins aux rédactions, avec un jeu à la clef, remplacer des mots par d'autres, sans fautes d'orthographe. Le *boire du rome* de Victoire déclencha un fou rire qui pour une fois ne la fit pas rougir. Ils l'entraînèrent aussi à ouvrir son esprit sur l'histoire du monde et des cultures. Victoire apprit ainsi qu'elle foulait le sol du lieu exact où démarra la conquête française en 1830 avec le corps expéditionnaire de trente-sept mille cinq cents hommes qui débarqua à Sidi-Ferruch, sous le gouvernement Polignac du roi Charles X. Dès l'âge de huit ou neuf ans, elle prit l'habitude d'écouter, de donner son avis, et surtout d'acquérir des points de vue qui s'ancrèrent très tôt dans sa mémoire. Elle écoutait avec passion la tante s'enflammer contre le long conflit armé qui mit fin à la liberté des autochtones désormais colonisés, malgré la résistance des tribus algériennes jusqu'en 1870.

Plus Victoire apprenait, plus elle prenait de l'assurance. Elle devint quelqu'un, une vraie personne avec de l'éducation. Mais lorsque l'Homme venait chez sa sœur pour voir sa fille, elle s'enfermait dans un mutisme renfrogné, il empiétait sur sa vie privée, elle ne voulait pas lui parler. Il décida qu'elle avait mauvais caractère. Elle partageait son temps entre la famille du cabanon et celle de la maison d'El Biar, où elle retrouvait Kheira. C'était la guerre, les jumeaux restaient en métropole avec Mama ;

l'Homme, occupé par ses responsabilités professionnelles et politiques était le plus souvent absent.

Et puis il y avait les mimosas, leurs fleurs fragiles comme des perles de soleil, leur parfum de miel, la plus douce des madeleines, l'antidote à l'exil. Il y avait les promenades avec le cousin, les chemins bordés de buissons trop secs, les oliviers rabougris, les palmiers aux feuilles brûlées par le soleil, les cactus aux épines indomptables. Il y avait le sable noir, humide et collant de la plage de Sidi-Ferruch dont on prétendait qu'il était responsable des furoncles des enfants, il y avait les gros poulpes qui enserraient ses jambes de leurs tentacules et la faisaient à la fois rire et pleurer. Il y eut Pascal le champion de natation, dont elle tomba amoureuse, de loin, sans rien dire, seulement le cœur qui bat, qui lui apprit à nager le crawl, crut en elle et l'orienta vers la compétition. L'eau devint son élément pour toujours. Aujourd'hui encore, lorsqu'elle nage dans la mer ou la piscine, elle fait corps avec l'eau, le frôlement des gouttes sur la peau, le dos qui s'étire, le geste qui se répète, la sensation de plénitude liquide. Le temps devient éternité, absorbe la pensée, elle flotte dans l'apesanteur. Les moments de spleen évoluent en moments de grâce. La tête sous l'eau, elle intensifie les mouvements, la traction, l'entrée de la main vers l'avant jusqu'à l'épaule, la poussée des bras vers l'arrière qui fendent la surface pour gagner de la vitesse. Elle va tout droit, aérienne, sans godilles, sans fioritures. Euphorique. En compétition elle ne se bat pas contre les autres, elle se bat contre elle-même pour résister à la violence de l'existence. Son corps, en s'épuisant, reconquiert sa force. Elle est puissante. Elle est libre.

Rentrée en France quelques mois avant l'indépendance pour soutenir les Algériens vivant à Paris, la tante Anna s'était inscrite au Parti communiste. Elle se trouvait dans la manifestation organisée par les mouvements de gauche, qui, en ce jour glacé de février 1962, appelait dans le calme à la paix en Algérie, à l'arrêt des crimes et attentats perpétrés par l'OAS, l'Organisation de l'armée secrète. La police chargea subitement à coups de matraques, forçant la foule à se précipiter dans le métro Charonne, dont les portillons furent fermés. Il en résulta un massacre sanglant qui fit neuf morts et des centaines de blessés.

Restée dehors dans le froid, elle attrapa une méchante pneumonie sur des poumons rongés par le tabac, dont elle ne se releva pas. Elle eut juste le temps de sourire à l'annonce de l'indépendance. Inconsolable après la mort de sa femme, l'oncle perdit la vue et se tira une balle dans la tête. Ces deux-là ne pouvaient pas être séparés. Victoire fut dévastée de chagrin, sonnée par la brutalité du geste, en même temps qu'elle en admira le courage. Pour la première fois elle éprouva une profonde sensation de perte, l'oncle et la tante lui ayant tenu lieu de vraie famille ; la douceur chaleureuse du cabanon survivrait en elle, même si la lumière avait cessé d'y briller.

Histoire de famille

Qu'aurait conseillé la tante Anna à Victoire ? D'écrire ce livre ou de penser à sa propre vie ? Elle partageait les positions antiracistes de son frère, mais avait défendu Mama lors de leur séparation. Elle prétendait que les foucades de son frère, ses « caprices » à répétition, avaient été encouragés par la préférence de leur propre père pour ce fils très beau, dont le charme autorisait tous les dérapages, qu'il camouflait sous des punitions fictives. Quand tout le monde dormait, le fils quittait la maison, empruntait la vieille Hotchkiss qu'il poussait sans bruit et sans permis de conduire jusqu'au portail, et démarrait sa nuit. Il se couchait à l'heure où les autres se lèvent, son père entrouvrait les rideaux, souriant en douce au retour du jeune homme sans limites. Ses nuits consistaient à séduire le plus de filles possible, les convaincre de faire le mur, et les embarquer pour des balades amoureuses, sous l'œil à la fois jaloux et médusé de ses copains. Ceux-ci parlaient encore à l'âge adulte de ces péripéties auxquelles il ne pouvait pas résister comme s'il était sous l'emprise d'un diable. Ils évoquaient le désespoir des victimes, à qui il promettait monts et merveilles avant de disparaître. L'une d'entre elles se jeta dans la mer un jour de tempête et se noya, emportée par le tourbillon des vagues. La tante soupçonnait leur père d'avoir encouragé la conduite libertine de son fils, en réaction à l'éducation austère et rigide que lui-même avait reçue d'un père d'obédience janséniste.

La maison de famille située entre El Biar et la colonne Voirol, lieu de passage vers la ville, avait été le point de départ de l'expédition de Foureau-Lamy vers le Sahara en 1898. Grâce au goût exquis de leur mère, qui était donc la grand-mère de Victoire, elle fut transformée en une magnifique villa mise en valeur par l'élégance des colonnes mauresques alternant avec les façades aux couleurs poudrées inspirées d'Italie, son pays d'origine. La grand-mère organisait régulièrement des fêtes somptueuses, le bal Empire, celui des Affiches ou encore des Romans, auxquels se rendaient tout ce qu'Alger comptait de bourgeois nantis. Dans les communs vivaient un couple de jardiniers et leurs enfants qui, sous l'égide de la cheffe de famille, entretenaient les terres cultivées bordées de très beaux arbres, des rangées de palmiers, d'aloès, d'orangers. Des carrés de légumes et de fruits, des massifs de fleurs aux parfums tous différents, des bassins auprès desquels on paressait sur des bancs recouverts de zelliges et céramiques anciennes, jusqu'à la vaste cabane de branches et de feuillages construite de la main du grand-père qui trônait là comme une relique, composaient l'écrin féerique dans lequel avait grandi le Père.

La famille vivait quasi en autarcie dans ce paradis doré, un grand îlot d'un hectare et demi, où naîtrait une grande partie de la descendance, y compris Victoire et les jumeaux. Lorsque le Père était enfant, les transports en commun n'existaient pas, un autobus poussif reliait El Biar à Alger. Une institutrice venait tous les jours faire l'école aux enfants, mélangés à ceux des serviteurs qui habitaient la propriété dans des logements prévus à cet effet. À partir de la sixième, le Père intégra le lycée. Sur une photo de classe rangée dans les boîtes en carton qui avaient été sauvées par la tante lors de l'un de ses séjours en France, tous les noms des élèves étaient inscrits au dos. Au seul Algérien de la classe, on avait demandé de ne pas venir le jour de la photo. La teneur de l'incident et le nom du garçon concerné qui s'appelait Rachid étaient relatés, écrits de la main du Père ; trois points d'exclamation terminaient la phrase. Les juifs d'Algérie, auxquels le décret Crémieux de 1870 avait donné la citoyenneté française, avaient fini par être acceptés, sauf par la partie de la population qui n'avait jamais toléré cette assimilation et avait créé un parti antisémite, dont l'idéologie était relayée par *Le Cri d'Alger*, un torchon quotidien. Mais les « Arabes », c'est ainsi qu'ils étaient nommés à l'époque, n'avaient pas droit de cité dans les écoles françaises.

Les nombreux serviteurs, au dévouement sans faille, dont l'origine et la couleur de peau ne furent jamais un prétexte à discrimination, étaient traités avec une grande humanité à l'intérieur de la vie enchantée qui se déroulait sur les terres de la belle villa. Il aurait été indécent de suspecter quelque obscure aspérité. La famille, qui avait tout pour être heureuse, n'aimait pas le malheur.

Le Père était le petit dernier des quatre enfants nés en cinq ans. Après la mort de leur père qui, souffrant d'une maladie pulmonaire, avait, en 1945 à la fin de la guerre, gagné la France avec leur mère pour s'installer dans un climat plus clément, Tante Anna et son frère âgé de vingt ans seulement s'installèrent dans la villa. La cohabitation fut émaillée de secousses dues à la vie d'éternel adolescent du jeune homme gâté ; la tante, qui surveillait son frère du coin de l'œil, vivait recluse dans une aile de la maison, loin des pièces de réception où ils se croisaient peu. Elle lui présenta un jour l'un des militants du FLN qui lui rendait clandestinement visite et avec lequel elle eut une liaison passagère. La rencontre avec ce personnage hors du commun transforma le destin de son frère dont la vanité d'une vie simplement bourgeoise vola en éclats. Malgré son attirance pour les femmes qui ne tarit jamais, il adopta une conduite responsable, et s'attela à la reprise des affaires de son père qui périclitaient depuis la mort de celui-ci.

Puis Tante Anna rencontra l'oncle et quitta la grande maison. Ce fut un coup de foudre. Ils emménagèrent dans le cabanon libéré par un ami algérien, professeur de sciences politiques à l'université où la tante préparait son mémoire de fin d'études supérieures. Une thèse qui portait sur l'histoire de la colonisation à laquelle elle faisait référence comme à un carnage. Avec un million d'Européens, soit dix-huit pour cent de la population totale, il était absurde, s'énervait-elle, d'imaginer que l'inégalité des droits, la marginalisation des autochtones, l'exploitation des uns par les autres, pourraient perdurer dans le temps. Les colons détenaient les terres riches, les grandes maisons, menaient la belle vie, faisaient travailler les musulmans pour peu d'argent et sans repos ; la plupart les traitaient bien, veillaient sur leur famille, se rendaient parfois manger un couscous chez eux dans leur douar. En bref, ils exerçaient leur contrôle sur ceux qui les servaient.

Les colons n'avaient rien à voir avec les familles modestes, les petits Blancs nés en Algérie qui menaient une vie tranquille dans les quartiers populaires où le voisinage avec les musulmans était naturel, d'autant que la plupart ne connaissaient pas la métropole. Les deux communautés vivaient côte à côte, sans animosité, sans fusion, en bonne intelligence, disait-on. Et tout se passait bien dans le meilleur des mondes. Les patrons étaient gentiment paternalistes, les employés respectueusement soumis. Jusqu'à ce que le ressentiment silencieux qui grondait au fond des montagnes enfle en un mouvement révolutionnaire clandestin créé par des chefs éduqués et très en colère, et éclate comme la foudre sur le dos des pieds-noirs qui n'avaient jamais imaginé être remis en question. La tante Anna, qui avait des amis algériens et recevait des militants dans le cabanon, savait que la soumission appellerait la rébellion, que l'indépendance serait inévitable.

La culture des pieds-noirs c'est la plage, disait-elle. Ils ne connaissent ni l'histoire ni la géographie de leur pays. Victoire se souvenait de ses accents de pasionaria arc-boutée contre l'exploitation de l'homme par l'homme, la haine de l'autre, l'injustice envers les faibles. Elle n'eut pas besoin de réfléchir longtemps pour savoir quel conseil lui aurait donné la tante Anna : « Il était un père défaillant mais un homme admirable, à toi de voir, ce sont tes affaires. » Victoire se sentit terriblement seule. Comment être à la hauteur d'un tel chantier ? Écrire un livre qui ne serait pas le sien ? Mais comment prendre le risque de lui déplaire ? Comment dire non ? Pourquoi était-elle si incapable de dire non ?

Un petit signal clignotait dans sa tête. Elle n'était pas prête non plus à jeter tous les pieds-noirs à la poubelle, ceux qui avaient compté dans sa vie, sa famille, ses amis, ses amoureux, mais aussi ceux qu'elle avait toujours croisés, dans les rues, dans les magasins, qui avaient côtoyé les musulmans sans les rejeter, et ne connaissaient pas d'autre pays que celui de leurs racines. Les pieds-noirs avaient poussé comme des rangées de légumes sur une terre de rêve sans jamais se poser d'autres questions que la mer, la plage et le soleil ; elle-même avait fait partie de ces inconscients issus de la colonisation. Il avait fallu du temps, celui de la guerre, pour redescendre sur terre. Étaient-ils tous pour autant des assassins solidaires des exactions de l'OAS ? Ne pouvait-on être favorable à l'indépendance sans éprouver aussi de la compassion à l'égard d'une population devenue apatride, propulsée dans l'inconnu, et affublée de l'étiquette « rapatriée » ? Pourquoi réduire leur douleur à des dégoulinades de chagrin caricaturales, comme si leur désespoir ne comptait pas ?

Pour Victoire, renoncer à l'enfance signifiait disparaître. Elle, la petite fille blonde, que les serviteurs du Père avaient vénérée comme un objet précieux, à qui ils avaient prodigué tant d'amour qu'elle avait réussi à ne pas mourir de tristesse, cette petite fille portait en elle, grâce à une partie de son enfance, le ferment d'un contrepoison au sentiment d'abandon, même si la séparation d'avec le pays qui l'avait inondée de lumière resterait une tache indélébile. Vivre avec cette ambivalence reviendrait à basculer ou non dans le vide d'une existence plombée par la perte. Pour se lever le matin, il fallait la force d'affronter l'opacité poisseuse de l'ombre. Mais le sens du devoir laisse peu d'espace au temps du plaisir. C'était le prix à payer pour ne pas sombrer au fond d'un cloaque où maraudaient des eaux usées.

Victoire se sentait coupable d'abandonner le Père qui insistait pour exister, et d'éprouver de la nostalgie pour le pays où avaient atterri ses ancêtres à la faveur de la colonisation, certes malgré eux, mais c'était un fait.

Sur le point de s'enfermer dans une cage, pour écrire un livre qui ne serait pas le sien, un huis clos qu'elle s'infligeait comme une punition, elle était dans cet état d'esprit, prisonnière du désir du Père, et du passé qui ne passerait pas.

La ville blanche

La nuit est tombée d'un coup comme une flaque.

Elle n'a pas le temps d'aller au cimetière.

Elle se lève aux aurores pour saluer la ville blanche.

Elle abandonne l'urne dans sa chambre d'hôtel.

Une chaleur moite enveloppe le ciel endormi.

La baie qui s'ouvre comme un demi-cercle parfait sur un horizon sans fin la prend par la main jusqu'à l'eau turquoise. Un sable fin blotti entre les pavés disjoints recouvre ses chaussures. Petite fille, elle en écrasait des poignées dans la main de Kheira. Elle est partie minuscule, elle revient géante brinquebalant sur sa vie bancale comme si elle avait changé d'échelle. Le soleil écrasant brouille l'air de brume.

Les persiennes bleues des immeubles haussmanniens, fermées pour échapper à la chaleur poussiéreuse qui cuit les murs, projettent leur ombre tigrée sur les façades blanches. Les balcons en fer forgé dessinent d'élégantes arabesques qui abritent une anarchie d'antennes télé et de paraboles voisinant avec le linge qui sèche. Les Algérois d'antan ont été remplacés par des occupants musulmans qui mènent leur vie comme ils l'entendent. Tout est différent, mais la beauté est immuable.

Il fait trop chaud pour envisager de déambuler dans le labyrinthe des rues qui montent et descendent. La ville dégringole vers la mer en bas, puis grimpe jusqu'à la basilique Notre-Dame d'Afrique.

Sur les hauteurs, Victoire fait une halte dans sa chambre au Saint-George, sans *s*. Il fut au siècle dernier un hôtel de luxe pour les Anglais qui fuyaient les hivers humides. Ancien palais du bey, au style mauresque arabo-ottoman, à la magnifique façade blanche aux volets verts, il est resté une légende. Au moment du débarquement américain en Afrique du Nord, y fut signé le 10 novembre 1942 le cessez-le-feu entre le général Eisenhower, alors chef des forces expéditionnaires alliées, et l'amiral Darlan, dans le salon des Ambassadeurs. Une plaque apposée sur la porte de la chambre occupée par Eisenhower précise que cette dernière tint lieu de quartier général entre novembre 1942 et décembre 1943.

Prise d'un haut-le-cœur à l'idée de se rendre au cimetière pour l'adieu au Père et la rencontre avec les ancêtres, elle s'assoit à côté de l'urne sur le lit. Avant de quitter la France, elle a troqué, sans le dire aux autres, celle en marbre noir avec veines blanches, en forme de pilier, un mastodonte hors de prix et intransportable en avion conseillé par les premières pompes funèbres, contre un modèle voyage plus modeste. Sachant que le poids en cendre d'un homme mort pèse deux kilos et demi, le nouveau croque-mort recommanda un contenant pas trop lourd, genre carton, bois, plastique ; elle opta pour l'imitation céramique. Transvaser les cendres d'une urne à l'autre se révéla une entreprise bien plus périlleuse que ce à quoi elle s'attendait. Après avoir sans succès eu recours à un tournevis et à un marteau, elle se rendit chez le quincaillier de la rue, un joyeux drille qui venait parfois bricoler chez elle. Il la regarda de travers, grommela que décidément elle était complètement perchée, disparut dans l'arrière-boutique et revint avec l'urne ouverte. Chez elle, après qu'un nuage de particules s'était envolé lors de la lente transhumance opérée à l'aide d'une louche en argent, elle accéléra le mouvement, renversa une partie des cendres sur le tapis, passa l'aspirateur, cala la nouvelle arrivée à côté de ses produits de beauté dans un sac spécial antichoc qui voyagerait en soute.

Puis elle descendit les trois étages sur la pointe des pieds, abandonna l'urne recalée sur le trottoir, le cœur vaguement serré, et se demanda qui allait s'intéresser à un engin pareil. La vie est parfois imprévisible. Le taxi qui la conduisit le lendemain à Orly-Sud ressemblait à un gros fourgon noir et carré avec vitres fumées, portes coulissantes et six sièges à l'arrière. À la vue du vanity-case posé sur le siège enfant face à elle, bloqué par la ceinture de sécurité, elle fut prise d'un fou rire tel que le chauffeur qui la guettait dans le rétroviseur lui demanda si tout allait bien.

– Tu ne l'as pas encore enterrée ? hurle Patrice au téléphone alors qu'elle vient d'arriver à l'hôtel.

Pour avoir la paix, elle dit qu'elle attend une autorisation. Il va appeler le cabinet du président de la République, il va faire intervenir le Quai d'Orsay, il va prendre le prochain vol, Et tu vas voir ça ne se passera pas comme ça. Elle raccroche quand démarre la litanie des invectives qu'il affectionne. Patrice ne prend jamais l'avion parce qu'il a peur de tomber. Il ne passe jamais sous un échafaudage, parce que ça porte malheur. La ville en est remplie, des constructions en jachère se dressent à chaque coin de rue, on dirait un immense chantier éphémère.

L'urne attendra.

La famille, toutes générations confondues, se réunissait autrefois souvent au Saint-George pour déguster des cocktails ou des jus de fruits frais sur les terrasses de l'extraordinaire jardin botanique du palace, bordées de colonnes en ogives, abritées sous des tonnelles de glycines. Ses membres étaient réputés pour leurs discussions agitées et règlements de comptes tumultueux qui se terminaient par le départ précipité de l'un ou deux d'entre eux, ce qui mettait la tante Anna au supplice. Partagée entre le rire et l'effroi, Victoire s'habitua, dès le plus jeune âge, aux scènes d'hystérie familiale qu'elle regardait comme un film tourné dans un asile.

Ce jour, elle se laisse envahir par le parfum de la végétation dans les allées, les mosaïques anciennes aux couleurs de la mer qui couvrent les sols et le foisonnement de la flore tropicale, même si l'hôtel lui-même a perdu de son charme. La vue sur la baie la galvanise, elle ressent l'urgence de se perdre dans les ruelles. L'atmosphère est restée familière, malgré la métamorphose silencieuse qui pénètre les pierres, les femmes voilées de noir se mêlant aux haïks blancs des fatmas plus âgées, les adolescentes maquillées et habillées à l'européenne, les jeunes hommes qui marchent ou fument, adossés aux murs comme s'ils devaient les tenir, ceux qui sont barbus et arpentent les rues d'un air sévère dans leurs longues tuniques blanches. Il n'y a toujours pas de femmes dans les cafés où les petits vieux aux visages burinés, sous l'ombre des arcades qui longent les rues, absorbés dans leurs parties de dominos en buvant un thé à la menthe, tous vêtus de leurs djellabas grises, se donnent de bruyantes et joyeuses accolades. Peu importent les noms des rues, des collines, des parcs, des magasins, plus rien ne ressemble à ce qu'elle connaissait, et c'est tant mieux ; elle se fond dans la ferveur de ce lieu de vie qu'une foule compacte sillonne de haut en bas, de bas en haut. Aimantée par la mer immobile et la beauté blanche, elle marche où les pas ne laissent pas de traces, se mêle aux murmures des gens dans les avenues pâles.

Le cimetière s'éloigne de ses plans. Au déclin du jour, elle retrouvera Malika, son amie d'enfance, en haut de la colline sans arbres, Malika, dont la voix légèrement rauque a frissonné au téléphone. Elles ne se sont pas revues depuis l'enterrement de Benjamin. À petites foulées elle traverse un parc bordé de pins parasols, monte l'escalier qui mène à un patio couvert de fresques, atteint plus loin le lycée Fromentin où la France libre, la France de la Résistance, avait établi son siège en 1942, traverse le boulevard du Télemly qui serpente au bord du parc Saint-Saëns, invente les noms des lieux qu'elle a oubliés.

Elle vagabonde dans un passé devenu présent, les souvenirs refluent alors qu'elle déboule sur la rue Michelet, devenue Didouche-Mourad, la rue de légende où habitait, à l'angle de la rue d'Isly, son arrière-grand-mère italienne, qui transmit son prénom Vittoria à Victoire, en version française, et dont la fougue et la langue bien pendue terrifiaient la famille. Elle descendait d'un côté d'une vaste famille basque dont l'un des membres avait officié comme corsaire à Naples. De l'autre, elle était issue d'une longue lignée de diplomates italiens ; fille d'un ambassadeur en poste à Alger, elle épousa à l'âge de vingt ans un fonctionnaire d'origine corse, qui avait fait souche dans la ville blanche, mais elle ne perdit jamais son accent. Un dimanche sur deux, Victoire rendait visite à l'aïeule, dans un appartement fin de siècle, sombre et sans vue, où quelques plantes vertes en plastique côtoyaient des napperons en dentelle. Dame en deuil d'un mari disparu prématurément, petite pomme fripée ratatinée sur sa canne, au regard perçant s'attardant sur tout ce qui clochait, elle traçait en maugréant des traits rageurs sur la poussière du bois verni. On racontait dans la famille que la cruelle Vittoria, dans sa jeunesse, faisait chuter les femmes belles en crochetant, mine de rien, leurs jambes avec son pied. Soixante-quinze ans plus tard, elle continuait de faire trébucher, à l'aide de sa canne, ceux qui passaient devant elle et qu'elle n'aimait pas. Elle prétendait être sourde, entendait ce qu'elle voulait, envoyait des mots au vitriol à qui parlait pour ne rien dire. On la redoutait. Et on s'amusait en douce de son accent qui roulait les *r*.

– On ne peut pas s'appeler Victoire et disparaître sous le tapis. Tu portes le même prénom que moi, honore-le, avait-elle dit à son arrière-petite-fille. Ne perds pas ton temps à tergiverser. Les hommes sont des lâches, les femmes sont des salopes. Sois une combattante, fais-toi des apôtres, pas des amis, les amis n'existent pas, c'est toi qui commandes, si tu refuses d'être exploitée, tu seras libre, tu gagneras la guerre, la vie est une guerre.

Elle en était à sa quatrième guerre, suivait, à la télévision qu'elle venait d'acquérir, les images de celle de l'Algérie, applaudissait au courage des fellaghas, tirait la langue aux généraux de l'armée française qui avaient raté leur putsch un an avant l'indépendance, des imposteurs, disait-elle, des incapables, ils espéraient quoi, que les esclaves se couchent ?

Vittoria prit l'avion pour la première fois en 1962, juste après l'indépendance, le jour de son centième anniversaire, lorsqu'elle quitta Alger pour atterrir en France chez sa fille, la grand-mère de Victoire, qu'elle faillit rendre folle tant elle était autoritaire. Elle avait fait promettre que sa dépouille serait rapatriée au cimetière Saint-Eugène, dans le caveau familial. Et s'éteignit trois ans plus tard, silencieusement, au milieu de la nuit. Personne ne la transporta en Algérie.

Assise sur un tonneau qui fait office de tabouret devant l'immeuble aux balcons tarabiscotés, Victoire lève les yeux vers celui du troisième étage, imagine Vittoria, posée sur son fauteuil en percale décolorée, derrière les persiennes à demi closes, qui déroule des pelotes de laine, fait semblant de tricoter, et fomente ses plans de vieille dame indigne. Chaque jour, à l'heure où la chaleur décroît, elle ouvrait les persiennes et sortait prendre l'air, assise sur une chaise de jardin, qu'elle repliait après sa pause pour qu'il ne vienne à l'idée de personne de la lui subtiliser. Sur une flopée d'antennes de télévision rouillées, reliées entre elles par un fil électrique, se balance aujourd'hui du linge qui sèche sous un soleil de plomb. Ici, dans ce lieu empreint de nostalgie, Victoire sourit à l'idée que la somme des ingrédients basque, corse et napolitain importés par Vittoria concocta peut-être un bout du mélange détonant qui rampe furtivement dans la famille.

Les anecdotes narrant l'étrangeté de certains des membres fourmillaient au cours des générations. Ainsi, on racontait que l'un des cousins, épileptique, à qui le crâne démesuré et le teint rouge prêtaient un petit air de Quasimodo, s'arrêtait parfois de respirer à table entre deux plats, les mains en l'air, agrippées sur ses couverts, frappé par une absence de quelques minutes qui mimait une attente inconnue. Revenu à lui, il s'en allait errer dans la ville, trottiner à travers les rues étroites et grouillantes de la casbah en parlant tout seul, connu par les autochtones comme le tonton maboul qu'ils accueillaient avec plaisir. Rentré à la maison il se racontait à lui-même, à voix haute et avec passion, les révélations que lui avaient soi-disant confiées ses amis fellaghas qui revenaient du maquis. Puis il plongeait comme si de rien n'était dans des textes de chansons de geste écrites au XIIe siècle. Il y avait aussi la grand-tante qui ne souriait jamais, voilait ses cheveux dans des résilles nouées comme les foulards des musulmanes au prétexte que ses boucles étaient trop frisées, glissait des mots à consonance arabe dans chacune de ses phrases, des mots inventés qui indisposaient les invités reçus par la famille considérée comme l'une des plus nobles d'Alger. À la fin de sa vie, elle menaçait chaque jour avec force cris de se jeter par la fenêtre ; on l'installa pour avoir la paix au rez-de-chaussée de la grande maison, d'où elle pourrait sauter sans se faire grand mal. Tout se passait comme si la famille, soudée à l'intérieur d'un monde original, vivait dans un théâtre où chacun mettait en scène sa propre pièce sans proposer de rôle aux autres. Personne ne se parlait. Au mieux on criait ou on chuchotait.

La lumière du midi brûlant tombé sur une mer d'huile agit sur la mémoire de Victoire comme un sortilège qui n'existe nulle part ailleurs. Lorsqu'elle était jeune adolescente, Alger symbolisait l'aventure et la liberté. On ne la fatiguait pas avec les conventions et la bonne éducation, comme c'était le cas dans la famille guindée du père de Mama qui inculquait les bonnes manières. On la laissait tranquille, on ne lui interdisait rien, on ne lui imposait aucune limite. La vie était vivante, belle, poétique, exotique ; elle puisait dans cette magie l'insouciance qui palliait celle qui n'existait pas quand elle retrouvait la ville grise.

Victoire reprend son pèlerinage, emplie d'une énergie nouvelle qui apaise ses os ankylosés. Comme si l'univers lui envoyait des signes, elle se sent forte malgré la canicule sans air, vivante dans le monde des morts, portée par une sensation d'éternité. Elle boucle la boucle restée béante après la guerre, dont la famille ne parle plus, comme si le monde d'avant n'existait pas, un monde sans nom qui s'appelle « là-bas ». Victoire a appris à louvoyer dans ce passé silencieux, sans identité définie, inclassable, ni étrangère ni indigène.

Saisie d'un étrange sentiment de déjà-vu, déjà vécu sur une terre mythique, elle a soudain envie de courir dans la ville en chantant, de danser sur les tables des cafés endormis, de réveiller les morts, en rythme avec le muezzin dont la voix enregistrée hurle dans un haut-parleur. Prête à escalader les collines sur lesquelles ruissellent les maisons mauresques, elle accélère le pas, guidée par un fil imaginaire qui lui montre la route ; l'étrange pensée qu'elle n'est pas née pour être heureuse mais pour être grande lui traverse l'esprit. Elle redresse la tête, ouvre sa poitrine et ses épaules de nageuse, baisse les omoplates, adopte une posture infiniment droite, elle est immense, elle regarde le ciel, se sent légère, euphorique, éprouve des sensations qui, jusqu'à ce jour, étaient coupées de son corps.

Elle gambade le long de la Grande Poste qui ressemble à un palais, passe la mairie et ses murs recouverts de fresques, sourit aux joyeuses villas blanches posées comme des points de suspension sur une colline qui s'élève vers le ciel, s'enivre de l'odeur des tomates, des vapeurs d'épices qui voltigent au-dessus des étals, du parfum des œillets sur le marché qu'elle traverse comme sur un nuage. Alors qu'elle entame une petite course avec l'agilité d'une plume qui s'envole, elle s'arrête brutalement devant un terrain vague couvert d'une antique dalle de béton, d'où des touffes d'herbe sèche s'échappent au travers de trous géants. Des parpaings gris sale, usés et mangés aux angles, sur l'un desquels est abandonnée une relique d'épais tissu noir et détrempé qui a dû être un manteau, occupent le devant de la scène derrière un grillage rouillé. Au loin les restes d'un filet de tennis sont suspendus à un poteau de soutien. Un spectacle digne d'une installation artistique d'Arte povera qui aurait été posée sur un terrain déchiqueté par les bombes, resté figé dans le temps.

Victoire s'assoit sur le bord d'un plot en ciment qui balise l'entrée fantôme. Elle reconnaît les vestiges du club de tennis où le Père s'entraînait, auréolé de son classement de champion de première série. Le Raquette (qu'elle écrivait « Racket ») était un club fréquenté par les pieds-noirs nantis, qui venaient admirer dans les tribunes du court central en terre battue ce personnage élancé vêtu d'un pantalon en flanelle blanche à revers, qui dansait sur le terrain avec une élégance naturelle le plaçant au-dessus du commun des mortels. Il était la distinction incarnée. Après quelques entrechats, il frappait la balle avec une telle force qu'elle atterrissait comme une pierre aux pieds de l'adversaire en short qui n'avait rien vu venir. Une fois tous les prétendants exterminés, il retrouvait son regard lointain et sa démarche désinvolte, parlant peu et gardant la distance qui sied aux grands hommes. C'est ainsi que le voyait Victoire, le héros fascinant d'une anthologie créée à son image sous l'étoile de la baraka.

Il se dégageait de lui un mystère qui agaçait les hommes et allait bien au-delà de la séduction qu'il exerçait naturellement. Ses opinions politiques douteuses indignaient les colons, avocats, médecins et autres locaux, joueurs de tennis ou non, dont le Raquette était un lieu de rendez-vous incontournable. On n'était rien si on ne faisait pas partie du club. Peu à peu, au fur et à mesure de l'évolution des

Événements, qui étaient perçus, au pire comme une révolte passagère, au mieux comme les simagrées d'une population ingrate, il se créa une scission entre ceux des membres qui toléraient l'homme connu et influent, mais n'en pensaient pas moins, et ceux qui le fuyaient carrément. D'ici peu, l'homme ne dînerait plus en ville.

Les jours de match, Victoire restait assise dans un coin des tribunes, le plus loin possible des femmes qui caquetaient haut et fort avec un accent à couper au couteau. À l'écart de cette atmosphère de semi-adulation, elle observait le Père de loin ou plutôt elle le dévorait des yeux, c'est à elle qu'il appartenait, et non aux pimbêches ordinaires qui le regardaient bouche bée dans leurs oripeaux à paillettes et leurs bijoux clinquants. À la fin de la partie, il irait se changer au vestiaire, la retrouverait au bar du club house, elle dégusterait le meilleur sandwich jambon-beurre qu'elle connût, une consistance de pain et un goût de jambon qu'elle ne retrouverait jamais ailleurs – pourquoi du jambon dans un pays de musulmans c'était une autre affaire –, elle boirait un Selecto, et lui un Perrier. Quelques locaux rigolos qui ne s'étaient pas encore détournés de lui viendraient raconter des histoires drôles, les pieds-noirs riraient très fort à leurs grosses blagues, tandis que lui sourirait par politesse, en même temps qu'il serrerait un peu plus fort sa main à elle, c'était un code entre eux deux, il les prenait souvent pour des abrutis. Elle étouffait un rire sous cape. Elle était une toute petite fille, il était très grand et très beau, il portait un chapeau de paille claire, lui disait des mots gentils, c'était un temps où elle l'appelait « Papa ». Pas « l'Homme » ni « le Père ».

Ces souvenirs qui dévalent comme un fleuve en crue sur le terrain délabré avivent une sensation de brûlure qui la réveille d'un coma profond. Comme si la géographie de la ville avait entraîné son humeur aux accidents du relief alternant entre le haut et le bas, la tristesse suivant la béatitude, elle rassemble ses forces et se lève péniblement. Le Père l'attend dans son urne. Il est temps qu'elle le prenne sous son bras et l'emmène au cimetière. C'est promis, elle s'y rendra dès qu'elle aura vu Malika.

Malika

Le sourire aux lèvres, Victoire vagabonde à travers les larges avenues haussmanniennes bordées de palmiers qui croisent les rues rectilignes longées de vieilles bâtisses tapissées de carreaux de Delft. À l'approche du café Maure, en haut de la colline, d'où la mer scintille au soleil, le cœur battant comme avant un rendez-vous galant, elle ralentit le pas pour faire durer le plaisir de l'attente.

Malika, la nièce de Toufik, avait été adoptée dans la maison Djena alors que sa famille était cachée dans le maquis. Débordée par les crises de Benjamin (le frère jumeau montrant déjà les signes de la maladie mentale qui allait empoisonner son existence), Mama avait décidé d'envoyer Victoire passer l'année à Alger chez le Père – malgré les réticences de ce dernier en raison des Événements. Victoire intégra alors l'école de filles catholique européenne tandis que Malika, brillante élève kabyle, suivait son parcours scolaire à l'école publique. Le Père avait tenté de convaincre la directrice de l'école de Victoire d'y accueillir Malika, vantant ses excellents résultats. Le refus fut catégorique, au prétexte qu'elle serait la seule élève d'origine musulmane. Victoire en nourrit une intense détestation pour l'école religieuse et exprima sa vengeance dans une rébellion si violente que personne n'osait la contredire. Devenue la plus indisciplinée de la classe, mais aussi la meilleure élève, elle apprit à fusiller l'entourage d'un simple regard. Le chauffeur allait tous les jours par sécurité chercher chacune des filles à l'heure de la sortie. C'était la fin de l'année 1959, les plasticages avaient commencé, on avait peur. La France avait perdu trois mille vies dans l'année, les rebelles dix fois plus. Une véritable paranoïa s'était emparée de la ville, les pieds-noirs prenaient enfin conscience qu'il s'agissait peut-être d'une guerre et non d'un caprice. Il arrivait que les classes soient fermées ou occupées par l'armée.

Recluses dans la maison, les deux adolescentes développèrent une amitié fusionnelle. Le Père était souvent absent en raison de ses réunions secrètes ; c'était l'époque où il travaillait à poser les bases d'une alliance entre Algériens et Européens. Rassuré que Victoire ne traverse pas seule cette période, fier de la relation entre les deux filles, il revendiquait le métissage comme l'atout humain et culturel qui préfigurait l'avenir. Loin de Mama et de la ville blafarde, Victoire se sentait plus légère avec le Père. Pourtant, il existait une ombre à ce tableau idyllique : sa belle-mère, la seconde épouse du Père, passait le plus clair de ses journées au lit en proie à une intense détresse qui engendrait des crises d'hystérie dévastant ses enfants, Patrice et Thérèse. Privée des escapades à la plage des Pins qui étaient sa raison de vivre, elle qui n'avait rien connu d'autre que le bonheur du soleil et de la mer, cloîtrée à l'intérieur de la maison, terrifiée par le bruit des bombes et l'horreur des attentats, avait perdu le goût de la vie, abandonnant tout intérêt pour les deux petits qui erraient dans le jardin comme des âmes en peine. Ils quêtaient l'attention de leur grande sœur, mais Victoire n'était pas disponible, l'amour qu'elle vouait à Malika excluait toute autre tendresse. Elle s'habitua aux hurlements quotidiens qui traversaient les murs, en rythme avec le tumulte de la ville, elle s'habitua à l'idée que l'existence est une guerre. Et les petits continuèrent de crier.

Victoire arrive la première au lieu de rencontre choisi par Malika. Dans le café qui n'a de maure que le nom, de gros poufs modernes en Skaï de couleurs toutes différentes, aussi hauts que des fauteuils, trônent autour de tables imitant des plateaux de style hispano-arabe en cuivre rutilant sur des pieds en forme de X. Victoire avait d'abord proposé la Brasserie des facultés, le seul lieu qui lui vînt en mémoire, en hommage à Djamila Boupacha, la jeune nationaliste partisane de vingt-deux ans qui fut arrêtée en 1960 pour avoir déposé une bombe dans ce fief des Européens. Militant pour l'indépendance de l'Algérie, très engagée dans la mouvance féministe, elle faisait partie des porteuses d'armes affiliées au FLN. Bien que la bombe eût été désamorcée par les artificiers avant d'exploser, Djamila fut transférée à la prison de Barberousse, le lieu sinistre où le Père atterrirait quelques années plus tard dans de tout autres circonstances. Torturée et violée par les militaires français, elle fut défendue par l'avocate Gisèle Halimi, qui entraîna avec elle l'écrivaine Simone de Beauvoir. Malgré le comité de soutien créé par les deux femmes, Djamila fut jugée en France, condamnée à mort, amnistiée et libérée deux ans plus tard, après les accords d'Évian qui mirent fin à la guerre d'Algérie. Le procès resterait, grâce à la brillante plaidoirie de Gisèle Halimi, l'incarnation de la torture pendant la guerre d'Algérie et celui de la qualification du viol comme crime. Victoire s'est toujours demandé quel fut l'avenir de cette jeune femme engagée si jeune en politique qui disparut de la scène publique comme les nombreuses indépendantistes ayant joué un rôle dans la libération de leur pays. Malika s'opposa au choix de la brasserie, qui illustrait pour elle une funeste réminiscence de la guerre.

Assise à la terrasse du café, à proximité des joueurs de jacquet qui ont déplacé leur table jusque sur le trottoir, Victoire marque un temps d'arrêt lorsqu'elle voit se dessiner, au détour du virage qui sinue légèrement en dévers de la route grimpant sur la colline, la longue silhouette, dont la volumineuse chevelure sombre se soulève au rythme de la démarche décidée bien que vaguement nonchalante, comme si le temps n'avait pas pesé sur les années passées. Malika, il s'agit d'elle bien sûr, approche du café, indifférente au regard de ceux qui, assis à la terrasse, ont interrompu leurs conversations, pour suivre des yeux cette créature sortie du néant. Le fond de l'air est moite sous un soleil ardent qui met en lumière l'élégance de la femme qui marche. Les deux amies s'étreignent, Victoire reconnaît le parfum d'ambre des cheveux de Malika, aujourd'hui parsemés de fils blancs.

– Tu m'as tellement manqué, chuchote cette dernière.

Après avoir fait quelques pas devant le café, elles s'installent à l'intérieur, où les murs épais et la pénombre assurent un semblant de fraîcheur.

– Je suis restée fidèle aux patrons, dit-elle, le café d'origine a été détruit par les islamistes pour décourager et punir les femmes qui osaient s'y rendre. On sort à peine d'un enfer qui a duré dix ans. J'ai dû retourner me cacher en Kabylie. J'ai un enfant tu sais, un fils, mais son père a été assassiné par les terroristes algériens, comme le mien, tu t'en souviens, l'a été par les Français. J'en suis arrivée à me demander laquelle des deux guerres a été la pire. Gagner son indépendance pour se retrouver sous l'idéologie de la charia, ça fait réfléchir, murmure-t-elle d'un air songeur. On est en train de revenir à la loi républicaine, mais ces années de plomb ont laissé des traces, cent mille morts au nom de la religion, tu te rends compte. Et toi, tu en es où ?

– C'est fou comme tu es restée la même, dit Victoire.

– Toi aussi, dit Malika en retrouvant le sourire. Et on a toujours les mêmes couleurs, toi claire, moi foncée, dit-elle avec un clin d'œil. Tu te souviens comment les gens nous regardaient en biais ?

Comment on était fières de s'afficher ensemble ? Tu as tellement compté pour moi, ajoute-t-elle en prenant la main de Victoire. Sans toi, sans ta famille, j'aurais sans doute disparu.

– Je suis venue enterrer mon père au cimetière Saint-Eugène, mais c'est bien plus important pour moi de te retrouver, dit Victoire. Tu représentes les seules vraies belles années de ma vie.

– Ça m'a fait un choc d'apprendre la mort de ton père. Pour moi il était indestructible, un symbole de tolérance et de liberté. Quelle chance tu as de l'avoir gardé si longtemps ! Le mien est parti bien trop tôt. Mais on peut être fières de nos pères, ce sont deux héros.

Victoire baisse la tête.

– Je t'ai apporté la photo, chuchote Malika. J'ai hésité, je n'étais pas sûre que ce soit une bonne idée de remuer le passé. Mais on est liées par ça, la guerre, celle qu'on a vécue, et le courage de nos pères. Cette photo, c'est toi qui l'as prise, elle t'appartient. Je l'ai retrouvée dans les affaires de ma mère après sa mort. Elle t'adorait, tu le sais, elle aurait souhaité te l'offrir elle-même.

Victoire se souvient. Le voyage poussif en autocar sur la route défoncée, la poussière qui pénètre par les interstices des fenêtres qui ferment mal, les vitres crasseuses, les hommes qui toussent et regardent au loin en silence, la sensation d'étrangeté à être la seule non musulmane du périple, la tiédeur de Malika serrée contre elle, ce jour de plein hiver dans les hautes montagnes de la Kabylie, l'histoire de la photo est restée intacte dans sa mémoire. Les rochers abrupts d'un côté qui retiennent la colline, le plateau qui surplombe la route trop étroite pour entamer un demi-tour, le froid glacial à la descente du bus, arrêté de guingois sur le chemin grimpant, le trajet sur le dos des mulets qui les mèneront jusqu'à la ferme, trébuchant sur les grosses pierres et les cailloux glissants, la brume qui obscurcit l'horizon. Elle ne voit rien et elle a peur, la nuit devenue rouge tombe d'un coup. Une lampe à pétrole posée au sol éclaire la maison très basse, que la teinte neutre des pierres rend presque invisible, en contrebas de la colline râpée, les cris rauques des chacals trouent le silence de la montagne. À l'intérieur un campement éphémère composé de sacs de couchage posés à même le sol en terre battue, et d'une bouilloire sur une table pliante, accentue l'atmosphère d'urgence ; on peut détaler à tout moment.

La famille de Malika avait quitté la ville pour se cacher là, au cœur du maquis kabyle. Victoire avait profité de l'absence du Père pour partir avec Malika, en cachette de Toufik. Comme s'il pressentait qu'elle serait peut-être la dernière, Mohamed, frère de Toufik et père de Malika, avait décidé de faire une photo de famille. Indépendantiste membre du FLN, commissaire politique affilié à la wilaya 3 de la Kabylie, il faisait partie des combattants vivant dans la clandestinité, recherchés par l'armée française et aussi ceux des militants algériens qui tuaient leurs frères harkis. Il avait pris le risque de ce rassemblement malgré l'insécurité des routes et les embuscades militaires éparpillées dans les montagnes. Un entourage de combattants militants voués à sa protection faisait le guet. Son propre père, pour protéger ses fils, avait exigé que l'aîné soit maquisard et le cadet harki, un calcul qui permettait d'assurer une sécurité des deux côtés. Le troisième frère, Toufik, cuisinier dans la maison d'El Biar, avait choisi de servir une famille française, tout en restant fidèle à ses racines algériennes. Après l'indépendance, il deviendrait cadre au ministère de la Défense algérien.

Au lever du soleil, Victoire fut désignée pour prendre la photo.

Les couleurs ont passé, les coins sont cornés, mais l'image est bien là, quarante-cinq ans plus tard. Djamila, la mère de Malika, sans voile et vêtue d'un haïk bleu dur, Malika, jeune adolescente, en retrait de la margelle d'un puits, pour que l'image ne soit pas identifiable. En tenue militaire, grosses godasses, treillis kaki et casquette de camouflage, le beau visage marqué de rides profondes, son père, Mohamed, tient son fils contre lui, les yeux fixés sur le ciel d'orage. Victoire presse le déclencheur de l'appareil posé sur un trépied. Puis la famille se regroupe dans la maison. Chacun s'enroule dans une couverture, se réchauffe avec le thé à la menthe et les cornes de gazelle préparées par Djamila. Les deux filles repartent enfin à dos de mulet avec l'un des combattants dissimulé sous la capuche d'un burnous en laine marron qui a surgi de l'ombre et les mènera jusqu'au car en bas de la vallée.

De cet épisode naquirent chez Victoire un profond sentiment d'appartenance à une double famille et la certitude d'être franco-algérienne. Pour toujours s'ancra en elle la conviction que le sens de la vie résidait dans le métissage, les sangs mêlés, les différences de cultures. Au retour dans le car, elle appuya sa tête sur l'épaule de Malika, envahie d'une émotion qu'elle ne connaissait pas, un mélange de douceur et de conscience d'être là où elle devait être.

On était à l'hiver 1959. Il était de plus en plus certain que de Gaulle allait opter pour l'Algérie algérienne. Le cordon colonial était rompu. La méfiance sévissait de tous les côtés. Les Algériens qui connaissaient le moindre recoin des montagnes étaient de véritables bombes lancées contre les camps des harkis qui soutenaient l'armée française. Les Français gagnaient peu à peu le maquis, traquaient les Algériens, les massacres s'enchaînaient d'un côté comme de l'autre. Malgré la guerre, les Algérois menaient une existence joyeuse, organisaient des fêtes, la vie nocturne était intense. Toujours dans l'excès, ils riaient, pleuraient, criaient, se vantaient, s'effondraient, inventaient un théâtre permanent. C'était une autre époque, un autre pays, presque une autre vie. Mais ce n'était pas le bon temps, c'était seulement l'inconscience, la continuité de leur enfance.

Deux mois plus tard, Mohamed fut tué dans une embuscade de l'armée française au nord de la Kabylie. L'histoire avait changé de sens.

De la plage à la casbah

– Tu as laissé l'urne dans ta chambre d'hôtel ?

Malika n'en croit pas ses oreilles. Elle prend son amie par le bras.

– On passe par l'hôtel et je t'accompagne au cimetière. Tu coupes toujours les cheveux en quatre, dit-elle après quelques instants. Super enthousiaste, et puis d'un coup complètement à l'ouest. Les fêlures, il ne faut pas se vautrer dedans. Enfin, on fait comme on peut, on apprend à vivre avec, sinon on meurt, ajoute-t-elle en regardant ailleurs.

– Je n'ai pas le courage de franchir la grille du cimetière, ce n'est pas encore le moment pour moi, dit Victoire. J'aimerais d'abord traverser la casbah avec toi, comme avant, quand on avait envie de se parler, d'être tranquilles, à l'abri dans le brouhaha.

– Oui, enfin, pas vraiment lors de la bataille d'Alger quand Massu a envoyé ses paras et que tout le monde s'est tiré dessus… C'est le carnage qui m'a le plus impressionnée, dit Malika. J'étais allée voir ma tante un jour d'accalmie, on enjambait les cadavres, il y avait du sang partout. Les fusillades ont duré des mois, c'est là qu'ont commencé les ratonnades, que les militaires français ont créé les centres de torture. Tu es bien placée pour le savoir avec ton père, même si pour lui c'est arrivé plus tard. Bon, allons à la casbah si tu veux. Il fait frais sous les auvents, les rues sont jolies, les marchés sentent bon et la guerre est finie. Mais après, direction le cimetière, dit Malika avec autorité.

En chemin, elles papotent comme deux adolescentes, deux vieilles amies qui se retrouvent, après un passé toujours présent.

– La plage des Pins me manque, dit Victoire, même si le carré sur lequel rôtissaient les pieds-noirs n'était pas reluisant de progressisme.

– Disons carrément que c'était un repaire de racistes, dit Malika en fronçant les sourcils. Pas toi, pas ta famille, mais les autres, on ne peut pas en dire autant. D'ailleurs ton père prenait toujours ses distances. Sous prétexte qu'il n'aimait pas s'exposer au soleil, il restait habillé sur la plage, caché sous son chapeau ; les grosses blagues de ceux qui parlaient fort et traitaient, « pour rigoler », les Arabes de « melons », de « bougnoules », de « bicots » et autres mots choisis ne le faisaient pas rire. Quelque chose me revient, comme une musique : l'accent des pieds-noirs, leurs intonations qui imitent celles des Arabes. Tu vois ce que je veux dire ? Encore un truc volé aux autochtones, dit-elle en éclatant de rire. Et puis les Arabes parlaient français, tandis que les Européens étaient restés étrangers par la langue dans ce pays qu'ils disaient être le leur. Le grand regret de ton père, c'était de baragouiner une langue qu'il n'avait pas apprise correctement. Il avait de la classe, ajoute Malika, rien à voir avec les autres. C'était un homme à part, qui cultivait un mystère sans doute pour avoir la paix. Pourquoi tu l'appelles « le Père » ?

Comme si elle n'avait pas entendu la question, Victoire change de sujet.

– Les pieds-noirs, dit-elle, revendiquaient une Algérie française, alors qu'ils ne connaissaient pas la France, qui en plus les méprisait. Ils ne connaissaient pas beaucoup plus l'Algérie, en dehors de Tipaza, où les plages les intéressaient plus que les ruines antiques. Mais les Aurès, où avait éclaté la guerre en 1954, à seulement cinq cents kilomètres d'Alger, c'était trop loin pour être l'Algérie. Le Père insistait pour que nous, les enfants, ne soyons pas ignorants de l'histoire du pays de notre naissance. C'est lui qui m'a raconté les émeutes de Sétif en 1945, lorsque les nationalistes avaient eu l'audace de défiler dans la rue pour réclamer des réformes et des statuts, ce qui avait déclenché une bagarre. Et, parce que les Algériens avaient matraqué et même tué quelques colons des environs, la répression militaire française fut démesurée, avec dix à quinze mille Algériens massacrés.

Les deux amies marquent quelques minutes de silence.

– Pour en revenir à la plage des Pins, reprend Victoire, c'était mon endroit préféré lorsque j'étais enfant. J'avoue que je n'avais pas vraiment conscience des différences ethniques, bien plutôt de celles du milieu social, j'étais une enfant de bourgeois, une gosse de riche, c'était ma vie même si tout n'était pas aussi limpide qu'il y paraissait. Et le point de vue de la mémoire, qui s'arrange avec le réel, rend les choses supportables. L'arrivée par la forêt de pins, les dos-d'âne qui forçaient les voitures à ralentir, la cacophonie des cigales dès que le moteur se taisait…

– … Les tonnes de pignons de pins qu'on ramassait sous les aiguilles, continue Malika, les pieds qui brûlaient sur le sable, oui c'est vrai, on en a des souvenirs. Je ne suis pas retournée sur cette plage, pas eu envie de voir ce que les islamistes en ont fait. Plus loin à la droite de cet îlot européen, il y avait le coin des Arabes, celui des femmes et des enfants qui se baignaient, pas beaucoup d'hommes, ça ne me choquait pas à l'époque, on comprend mieux les choses avec le temps. Moi j'avais une vie privilégiée chez vous. Choyée dans la première et unique famille algéroise qui m'ait reçue chez elle. Je m'en suis voulu d'ailleurs. Après, j'ai eu ma période anti-Français, anti-Al-gé-rie-fran-çaise, tu sais les cinq coups de klaxon atroces.

– Mais on n'était pas pour l'Algérie française à la maison !

– Oui oui, c'est une image. C'est plus tard, beaucoup plus tard, et encore un peu aujourd'hui, poursuit Malika, que je me suis sentie coupable d'avoir été aussi protégée, comme si j'avais laissé tomber mes pairs. Tout le monde n'était pas aussi ouvert que vous, et puis je faisais partie d'une famille de militants, j'avais été entraînée au secret, ça rend silencieux, observateur, on mûrit plus vite, on comprend plus tôt. J'étais différente. Toi aussi, partagée entre plusieurs cultures, livrée à toi-même dans une famille carrément névrosée, où tout le monde criait beaucoup. Finalement la grande différence, c'est que toi et moi nous n'avions pas la même couleur. Et quoi qu'on pense, ça a son importance.

Les mots de Malika réveillent une image figée dans la mémoire de Victoire. Sur le trajet vers la plage des Pins, bien avant l'arrivée de Malika au Djena à El Biar, la voiture passait chaque jour devant une maison mauresque aux colonnades rongées par les mauvaises herbes, à l'intérieur de laquelle se tenait, immobile, les mains agrippées aux barreaux noirs d'une fenêtre délabrée, une adolescente à la peau sombre, dont le voile sans couleur, qui cachait les cheveux, contrastait avec les yeux immenses fixés sur l'horizon. Victoire était certaine que, emprisonnée, la jeune fille appelait au secours. Assise à l'avant de la voiture parce qu'elle était l'aînée, Victoire implorait le chauffeur de freiner devant la maison abandonnée, s'imprégnait de l'étrange apparition qui ne quittait jamais son poste, dont l'enfermement l'effrayait autant qu'il la fascinait. Une vague d'épouvante l'assaillait, elle se sentait à l'étroit dans la voiture qui, quelques kilomètres plus loin, traverserait la forêt de pins, ralentirait le long de la route bordée de résidences secondaires, s'arrêterait devant la maison des cousins située au bord de la plage. La peur se dissoudrait peu à peu, mais elle était devenue une enfant intensément secrète.

C'était une maison carrée blanchie à la chaux, semblable à celles de la casbah, surmontée d'une terrasse plate, dont un imposant bougainvillier parme prenait le soleil sur la façade. À l'intérieur, les murs recouverts de mosaïques couleur mer procuraient une délicieuse fraîcheur. Les fenêtres, protégées par des barreaux lisses et propres, renvoyaient Victoire à l'adolescente enfermée dans la maison en ruines, à deux mondes qui s'affrontaient et dont elle ne connaissait que l'un des deux, à son ignorance d'une existence différente dont elle devinait l'opacité.

Une annexe située au rez-de-chaussée, aux sol et murs en béton gris, était équipée de plusieurs douches, comme dans les vestiaires collectifs, que le groupe des pieds-noirs de la plage, ceux qui venaient d'Alger mais ne possédaient pas de maison, utilisaient pour rincer le sable et le sel qui piquaient les jambes et les coups de soleil. Tout le monde se mettait nu, les femmes et les enfants d'abord se serraient les uns contre les autres, Victoire se sentait étrangère, peut-être était-ce de la pudeur ou alors sa sensation habituelle d'être ailleurs.

Certains soirs, on dînait tôt sur place de galettes kabyles à l'huile d'olive, de *cocas* tièdes aux aubergines, tomates et oignons, et de pains ronds à la semoule cuits au four dont on rompait à la main des parts généreuses. Et on buvait de la limonade blanche en grignotant des olives vertes. La nuit remplie d'étoiles tombait vite, les petits vieux assis sur le muret face à la mer disparaissaient dans leur maison et l'on regagnait la capitale, gorgés de paradis. Une fois seule dans sa chambre, Victoire s'efforçait de penser à des choses joyeuses, pour ne pas rêver de la jeune fille derrière les barreaux. Si un rêve s'annonçait, il livrait une infinité de détails, mais laissait tomber la fin comme chaque fois, ce qui soulevait déjà en elle un questionnement métaphysique.

Après avoir crapahuté sur la colline pelée, les deux amies pénètrent dans la casbah par la porte Bab Azzoun, au sud. La lumière qui recouvre la ville arabe de la ville blanche bascule entre le fluide et le flou. Le temps d'une courte contemplation, Victoire bascule dans le vide, le sien, celui qu'elle crée pour passer d'un état à un autre. Elle entre dans le monde réservé des musulmans que les pieds-noirs ne visitaient pas parce qu'ils n'y étaient pas chez eux. On ne connaît pas Alger si on ne connaît pas la casbah.

Construite comme une vaste enclave à l'intérieur du rempart datant de la Régence d'Alger qui la contient en même temps qu'il soutient la ville européenne, en pente avec vue en hauteur sur le front de mer, la casbah enferme en son cœur les vestiges de la citadelle, des mosquées anciennes et des palais ottomans. Et surtout des pans entiers d'histoires vécues que Victoire conserve à l'intérieur d'elle-même. Comme si ni le temps ni les guerres n'avaient de prise sur leur mode de vie, les résidents continuent de briquer, vaquer, affairés comme des fourmis, s'adressant les uns aux autres, membres d'une vaste famille solidaire que les traditions protègent.

Victoire se sent comme une revenante dans ce lieu où siégeaient les membres du FLN pendant la guerre, ce lieu qui appartient aux morts et contient la mémoire de l'histoire. Elle prend le bras de Malika pour se laisser guider, ou plutôt elle se remet entre les mains de Malika, pour profiter de ce périmètre si particulier dont elles partagent toutes deux l'intimité, retrouver cette partie de sa vie si différente de celle des autres, qui l'a construite en profondeur, à la manière des échafaudages qui escaladent les reliques des bâtiments ayant résisté à la guerre, et dont on a tenté de masquer les fissures avec des fragments de feuilles d'or.

La médina conçue par les Berbères est une ode à la culture islamique et rend gloire à la mer dont l'eau est si douce qu'elle semble respirer. Les maisons cubiques en briques de terre crue, aux murs impeccables blanchis à la chaux, soutenus par des poteaux verticaux en bois, exaltent la patine du temps. D'une terrasse à l'autre, sur les toits plats, on voit les silhouettes qui étendent le linge ou s'interpellent en souriant dans les rues toutes piétonnes, tortueuses et pavées de pierres, qui montent et descendent sur des escaliers aux marches irrégulières. C'est dans cette ville à la fois obscure et éclatante, ce berceau secret dans la ville ardente, dont tous les coins de rue étaient remplis de barbelés et de parachutistes, que les deux amies venaient autrefois se perdre, se promener dans les souks, acheter des vêtements moins chers que dans les magasins de la partie européenne, bien après la bataille d'Alger qui avait laissé la population exsangue et entraîné l'état d'urgence. L'état normal c'était la guerre, on vivait comme on pouvait, les habitants de la casbah accueillaient chaleureusement ces jeunes filles qui ne tremblaient pas, qui avaient pris l'habitude du danger, de passer entre les gouttes des petites embuscades, d'enjamber des corps, d'aller au cinéma malgré l'interdiction des parents qui craignaient les grenades. Personne encore ne songeait à quitter l'Algérie. Elles se sentaient en sécurité dans la casbah, souriaient aux artisans qui travaillaient à la restauration des boiseries des maisons, confectionnaient des sacs et des ceintures en cuir, et leur offraient un thé à la menthe qu'elles dégustaient, assises dans les échoppes à l'heure fraîche où le jour déclinait dans les murmures indistincts des familles qui s'apprêtaient pour le repas du soir.

Du haut de la terrasse transformée en café par le fils d'Ahmed qui, quarante ans plus tôt, bichonnait les deux adolescentes errantes sonnées par la guerre, Victoire et Malika observent avec fierté les jeunes filles habillées à l'européenne, dont un voile stylé recouvre les cheveux à la manière d'un accessoire de mode, qui déambulent d'une démarche assurée dans les rues pavées. Pressées sans doute de se rendre à leur travail, elles sont la plus belle illustration dc la guerre menée par les femmes pour gagner elles aussi leur indépendance et incarnent ici, dans la casbah, le manifeste d'une modernité pétrie d'histoire.

Se faufiler dans le cimetière

Elles ont marché au retour de la casbah, grimpé les escaliers, dévalé la colline, senti la brise se lever, après que la ville est devenue rouge aux derniers rayons du soleil. Parvenue au pied de la basilique, face à la corniche sur laquelle le cimetière Saint-Eugène s'étend face à la baie, Victoire marque un temps d'arrêt. Elle se sent lâche, épuisée à l'avance à l'idée de se rendre au caveau. Il est trop tard, elle n'est pas prête, elle redoute les reproches de Malika. Elle dit, Demain… sans faute.

Elle fait durer l'instant. Le plaisir des retrouvailles. Elle fait durer l'attente. Pour retarder l'entrée dans la perpétuité. Elle sait que le cimetière marquera le premier chapitre de la dernière partie de sa vie. En même temps qu'elle enterrera le Père, il lui faudra déterrer le livre. Elle a besoin de passer une nuit seule, de penser à ses morts, à Benjamin, son frère disparu à l'âge de trente ans. Depuis vingt années, elle repousse le sujet, reste à la surface des choses, s'arrange pour éloigner la vague glaciale tapie dans les ténèbres. Elle avait pensé qu'avec le temps elle oublierait, mais le tourment, coriace, s'est réveillé avec la fin du Père. Elle sent que les morts nous tourmentent pour qu'on ne les oublie pas.

Malika est impitoyable. Elle prend le bras de Victoire.

– Il n'est pas question de remettre encore à demain, dit-elle. Laisse-moi te guider, fais-moi confiance, la basilique n'est pas loin, le cimetière t'attend là-haut sur la colline. Marchons lentement, c'est la plus belle promenade que je connaisse, un pèlerinage qui t'apaisera. Tu iras te recueillir sur la mémoire de ta famille, reconnaître le monument de tes ancêtres, sentir d'où tu es issue. Tu reviendras demain ou un autre jour, avec les cendres.

Comment dire non ? La question revient sans cesse. On est entre chien et loup, le soleil décline dans son halo orangé, il disparaîtra dans la mer, l'obscurité baignera le cimetière, la nuit tombera sur les tombes. L'envie de fuir reparaît. Elles approchent du haut portail en fer rouillé qu'un homme s'apprête à fermer. Malika lui dit quelques mots en arabe. Il s'interrompt, regarde sa montre, il est beau, mince et vieux, il a les cheveux gominés et sent le parfum ; dans un demi-sourire, il les invite à entrer avant de verrouiller le portail.

Une sensation de solennité accompagne les pas de Victoire, le poids des morts résiste à sa feinte indifférence, des fourmillements attaquent le bout de ses doigts, une brûlure traverse son bras gauche jusqu'à l'épaule, son cœur est en train de lâcher, elle en est sûre. Elle revient à elle dans la guérite du préposé, située loin de l'entrée dans la partie basse du cimetière. Il extrait d'un placard vermoulu un cahier noir à la couverture gondolée qui ressemble au livre de comptes du Père. Sur la planche qui tient lieu de table, il feuillette les pages remplies d'une écriture calligraphique, celle qu'on traçait au porte-plume à l'encre violette sur les bureaux d'écoliers, parvient à celle qui contient les informations sur la famille de Victoire, pose avec fierté son doigt sur les nom et prénom de l'arrière-grand-père, « inhumé le vingt-neuf mai 1920 dans la concession numéro sept cent vingt-huit du Carré numéro cinq ». Sur le pas de la porte, le préposé griffonne un vague plan sur un morceau de papier kraft douteux qui avait dû envelopper son sandwich, leur indique de l'index la route jusqu'au caveau, précise que le cimetière est en restauration, il faudra parfois emprunter des déviations. Il leur recommande de quitter le cimetière avant la nuit tombée, de se faufiler à travers la brèche du mur d'enceinte dissimulée par des planches, on ne peut pas escalader la clôture entièrement rehaussée de barbelés. Elles seront seules dans le cimetière, avec les chiens qui hurlent et les rôdeurs qui maraudent, mais il n'y a plus rien à piller ; tout ira bien, sur dix-huit hectares, on trouve toujours où se cacher.

Les deux amies se prennent par la main, s'engagent dans la direction du Carré numéro cinq. De loin en loin des échafaudages tanguent sur des tombes éventrées, enfouies sous les fourrés, débordant de boue, des troncs d'arbres et des branches coupées bouchent les allées forçant à un détour, les bordures du chemin fraîchement goudronné disparaissent sous les chardons et le chiendent. Les jambes écorchées à force de sauter par-dessus les ronces, le regard fixé sur un horizon incertain, les dents serrées pour garder la tête droite, égarées au milieu des tombes, elles bravent un sentiment d'adversité, comme si la substance de la vie se révélait dans la violence des éléments.

À bout de souffle, elles parviennent à la hauteur du caveau familial, un monument étroit en pierres, à la surface duquel les auréoles sombres alternent avec les taches décolorées, elles poussent la porte centrale en fer forgé qui couine sous le poids de l'effort. Une épaisse couche de rouille cache les paumelles et les gonds, la poignée et le loquet ont disparu. Chacune leur tour, elles se glissent à l'intérieur d'une voûte lugubre qui épouse une forme de pyramide. Une odeur étouffante, un parfum âcre de poussière et de boue séchée prend à la gorge. À l'aide de leurs téléphones portables, elles éclairent les contours d'un mur suintant l'humidité. Au centre un autel miniature imite ceux des églises catholiques. Sur les fragments d'une stèle en marbre scellée dans le mur, posée sur deux colonnes mauresques au décor effacé, se dresse une vierge en bois polychrome qui a échappé au pillage. En appui sur un bloc de granit, dont subsistent quelques morceaux, elle est la seule survivante du tombeau saccagé. Sur la cloison qui s'effrite, une traînée de feuille d'or dévoile des motifs gravés dans la surface, des lettres capitales qui ont perdu leur couleur, qui composent les noms des aïeux, au nombre de six, enterrés au niveau inférieur du cagibi funèbre. Malika, prise d'une quinte de toux, s'éloigne vers l'extérieur. Victoire insiste, repère un monticule louche dans la partie large, devine la couleur de la cendre, reconnaît sa légèreté au toucher. Elle s'accroupit, plonge ses deux bras dans le tas, le fait voler par poignées, encore et encore, suit des yeux les filaments qui dansent, n'en finissent pas de danser. Elle a une pensée émue pour l'urne qui repose dans la chambre d'hôtel, imagine les jeunes gens qui ont allumé leur feu de camp et fait la fête au milieu des morts.

Maquillée de cendre, dans le silence de la nuit dissoute sous le ciel noir, elle émerge de la crypte macabre, entraîne en courant Malika vers la brèche de sortie, creusée dans un mur rehaussé de rouleaux de barbelés, pousse un hurlement dont l'écho résonne par-dessus les tombes.

Le repaire des morts

Dans sa chambre d'hôtel, Victoire s'apprête à enfermer l'urne dans le placard à vêtements, opte pour le coffre à moitié ouvert sur l'étagère des couvertures, après tout le Père avait un penchant pour les coffres. Survient un état d'apesanteur, son corps s'éloigne légèrement de lui-même, elle agit comme un automate, le bout des doigts insensible.

– Mais qu'est-ce que tu fous, l'urne va finir par pourrir, tu l'avais soi-disant enterrée, tu devrais avoir honte. Et pendant ce temps, le notaire attend, on ne peut pas régler la succession. Tu ne penses qu'à toi ! Patrice hurle comme d'habitude.

Victoire reste silencieuse puis raccroche, elle n'a rien à dire à ce frère-là. C'est Benjamin qui occupe ses pensées, Benjamin et Delphine, sa sœur jumelle, celle que le Père a négligée dans sa progéniture. Il ne s'intéressait pas à elle, grâce à quoi elle fut la seule des cinq enfants qui évolua à l'écart de l'hystérie familiale. Pour rendre supportable le manque de reconnaissance dont elle avait été l'objet, elle s'inventait une mémoire à laquelle elle s'accrochait obstinément, sans jamais en démordre, comme si les souvenirs inexacts, et par extension les certitudes à propos de n'importe quel sujet, lui permettaient de s'affirmer ; elle savait mieux que les médecins, les avocats, les scientifiques, elle n'avait confiance en personne. Étant toujours charmante et souriante, personne ne lui reprochait son caractère têtu.

Des jumeaux, le Père avait été plus attiré par le garçon, son premier fils. Delphine, liée à Benjamin comme à son double, traversait l'existence comme un petit oiseau qui chantonnait, la sienne à lui relevait du destin, du fatum. Elle construisait sa vie, il préparait sa mort. Ils vécurent blottis l'un contre l'autre, siamois silencieux regardant chacun d'un côté. L'obscurité de Benjamin, les crises de folie, les déambulations fantomatiques la nuit dans la ville, on compterait plus tard sur Victoire, la grande sœur, pour s'en occuper.

Gagnée par un désir de pureté, elle ferme les yeux, éteint la vie qui précède, c'est la nuit, elle glisse lentement dans un rêve. Main dans la main, les jumeaux trébuchent jusqu'à un lieu qui sort du cadre. Elle est rose, il est noir, elle est brune, il est blond, elle a les yeux foncés, les siens sont si pâles, elle a le visage tendu vers le ciel, le sol s'ouvre sous ses pieds à lui. Puis Victoire sent son corps qui tombe, tombe de plus en plus vite, comme une pierre balancée dans un trou aux contours flous, un puits peut-être, une chute vertigineuse, elle se défend contre le vide, sursaute, tente de sortir de la phase légère du sommeil, mais elle tombe toujours plus bas. Elle ouvre les yeux, les yeux ne voient rien, essaye de crier, le son ne sort pas. Elle ne bouge plus, pétrifiée, plongée dans une terreur abyssale. Des coups furieux frappent à la porte. Elle reconnaît la voix rauque de Patrice, son arrivée bruyante, les autres n'existent pas, c'est toujours lui d'abord. Elle hésite, se résout à déverrouiller la porte. Le cheveu hirsute, la moustache en spirale, le visage secoué de tics, la chemise débraillée, les mots étouffés dans la gorge comme s'il était sur le point de mourir d'une fausse route, Patrice fait peine à voir. Il vacille sur ses jambes, repousse sa sœur vers le centre de la pièce, éructe un persiflant « rends-moi mon père », s'effondre sur le lit défait. Un calme radical enveloppe Victoire. Elle ne ressent rien. Dissimulée dans le renfoncement de la porte, Thérèse pénètre à son tour dans la pièce, chaussée de godillots noirs à lacets qui semblent descendus des montagnes. Le teint beige, les cernes noirs, le cheveu rare, la bouche aux lèvres absentes, elle a le visage en lame de couteau des mauvais jours. Elle porte la veste en lin bleu marine que le Père revêtait par-dessus sa djellaba quand il avait froid. Brille à son annulaire gauche l'alliance de ce dernier.

– Où est passée Delphine ? demande Victoire.

– Elle a loupé l'avion. Évidemment, articule Patrice.

Les deux sœurs s'affrontent du regard.

– Tu comptes faire quoi des cendres de mon père ? demande Thérèse avec un sourire étriqué. En quel honneur t'arroges-tu le droit d'en disposer comme bon te semble ?

À cette silhouette de justicière se superposent la tête de punk révolutionnaire de la toxicomane qui se scarifiait, les cheveux violets de Benjamin qui repeint pour la quatrième fois les murs de son salon, les yeux écarquillés de Delphine qui se balance sur une chaise pour passer le temps, les gestes saccadés de Patrice qui baisse la tête et parle tout seul dans la rue à grand renfort de gestes. Elle-même n'est pas en reste, qui emballe la scène d'un regard glacial et s'apprête à travestir la vérité. Un plan machiavélique a germé dans sa tête ; l'urne ne sortira pas de sa cachette. Comme si le Père manipulait à distance les fils des marionnettes composant cette étrange famille, Victoire visualise un nuage spectral s'échappant de sa cachette. Elle va s'approprier la mort du Père et le devenir des cendres.

– Madame s'est comme d'habitude attribué le droit d'aînesse, elle a jugé bon de déposséder la famille de ses acquis, nous allons exiger des dommages et intérêts, surenchérit Patrice d'une voix hachée. Il fait trop chaud dans ce pays de merde. Allons au cimetière, on ne va pas rester des heures dans ce trou à rats ; nous devons respect et admiration à notre père. En avant pour le pèlerinage funèbre.

Un tic plus violent que les autres fait sauter ses lunettes. Victoire peine à réfréner un fou rire. Elle commande un taxi à la réception. Après la route émaillée d'églises et de mosquées, de calvaires et de mausolées de marabouts, ils atteignent leur destination. Victoire pousse résolument le lourd portail d'entrée qui couine ; elle embrasse l'architecture au style néobyzantin dont la disposition des allées rappelle celles du Père-Lachaise à Paris, où sont enterrés Benjamin et Mama. Elle salue le préposé vêtu ce jour d'un uniforme de gardien, qui lui sourit à son tour. Le soleil est déjà très haut, un souffle d'air caresse une mèche de ses cheveux, une fleur de laurier-rose effleure sa joue. Elle respire. Le frère et la sœur ont le souffle court et le visage rouge. Elle prend la tête du cortège, se dirige à grands pas vers le Carré numéro cinq. Plus on s'éloigne des divisions proches de l'entrée en voie de restauration, plus la végétation devient anarchique ; elle évite, enjambe, ignore les accidents de terrain repérés la veille. Le frère et la sœur dérapent sur les chardons, se griffent contre les buissons de ronces, s'écroulent sur les branches tombées au sol, contournent les tombes inquiétantes aux larges fissures, éventrées par des troncs d'arbres, dissimulées sous d'épaisses broussailles, suivent des yeux les vautours qui tournoient lentement, au-dessus de ce musée à ciel ouvert, comme s'ils s'apprêtaient à plonger sur les ossements de la mémoire de l'Algérie.

Arrivée avant eux – qui peinent à sortir des ornières –, adossée au mur de pierre qui entoure le caveau, le visage offert au frôlement du soleil, Victoire révise en silence le plan qu'elle a mis au point pour clore le chapitre « cimetière ». Thérèse boite de la jambe droite, Patrice s'est blessé à la main gauche. Le cheveu en bataille et le teint brouillé, leurs vêtements citadins sens dessus dessous, soldats sans guerre prêts à se rendre, enfants gâtés en plein désarroi, ils pénètrent dans le repaire des morts. Patrice toussote nerveusement, Thérèse soupire, extrait un carnet à spirale du sac banane ceinturé autour de sa taille, recopie les noms des aïeux gravés au mur.

– On se croirait dans une chapelle désaffectée, dit Patrice, tu aurais pu nettoyer, balayer toute cette poussière qui ressemble à de la merde, on se demande bien ce que tu as fait pendant tout ce temps.

– Le tombeau est plein à ras bord, dit Victoire. Il a fallu trois jours pour dégripper la trappe, l'ouvrir, poser l'urne sur le cercueil du grand-père, puis refermer la trappe. Vous marchez donc au-dessus du Père, qui repose parmi les siens.

– C'est quoi cette tirade débile ? crie Patrice, qui saute d'un pied sur l'autre comme s'il était assailli par une giclée de glu.

Pris d'une quinte de toux, il se faufile en grimaçant à travers la porte rouillée pour accéder à l'air libre. Thérèse s'agenouille sur les restes de cendre datant du feu de camp des fêtards, qui tapissent le sol, se penche en avant dans une position de prière, marmonne quelques mots qu'elle répète en boucle, comme si elle récitait un psaume, ou ânonnait une sourate. Puis elle émerge du caveau, teintée de gris sale, hormis les yeux étrangement décolorés, en proie à un accès mystique, au cours duquel son âme résiderait tout entière dans le monde des morts. Patrice, assis sur le muret de la plateforme extérieure du caveau, les vêtements aussi déchirés qu'il est lui-même en lambeaux, arbore le regard vide de quelqu'un qui n'est plus là. En dépit du calme qu'elle affiche, une sensation d'effroi enveloppe Victoire. Elle a conscience qu'elle dépasse les bornes, les limites entre la vie et la mort, le bien et le mal, la folie et la raison, oui, elle s'approprie le mort. Mais elle éprouve le désir ardent de restaurer la famille, de la délivrer des branches mortes, de résilier la domination du patriarche. La vie est tragique, le soleil se couche un jour pour la dernière fois, la mort ne pèse pas plus lourd qu'une poignée de cendres. Demain. Un jour. Elle trouvera le lieu où répandre celles du Père, qu'elle choisira, elle seule. Au plus profond de l'essence de sa vie a surgi le besoin impérieux d'arracher le fil qui la lie au Père.

Le temps mou est visqueux, la lumière décroît dans le ciel sans fin, le silence est troublé seulement par les bruissements des buissons de ronces. La mine aussi froissée que si elle s'éveillait d'une expérience archaïque, Thérèse ouvre un dossier qu'elle porte sous son bras.

– Compte tenu des circonstances, personne n'ayant prévu de faire nettoyer et remettre en état le caveau familial, personne n'ayant organisé de célébration digne de ce nom, pour accompagner notre père dans sa dernière demeure, je vais me charger de l'homélie qui aurait dû être prononcée.

Déclamant ces informations de la voix solennelle et monocorde d'un clerc de notaire déchiffrant les paragraphes d'un acte de vente immobilière, Thérèse jette à sa sœur aînée un regard au vitriol. Autrefois, Victoire aurait été accablée de culpabilité, ce temps est révolu. Une vague de tristesse se glisse en elle, une odeur d'humanité l'envahit ; le Père a fabriqué deux fonctionnaires inhabités qui, à force d'errer dans une famille où la violence tenait lieu de tendresse, se sont asséchés de l'intérieur, engloutis dans le chaos. Tout jeunes enfants, chaque jour quand ils rentraient de l'école parisienne, ils retrouvaient leur mère qui n'avait pas quitté son lit de la journée, inconsolable du départ de l'Algérie, anéantie par les mensonges d'un mari infidèle. À la nuit tombée, elle se noyait dans l'alcool, s'épuisait sur des tâches domestiques inutiles, parcourait l'appartement en claquant violemment les portes, s'embarquait enfin dans de bruyants monologues. Depuis l'arrivée en France, elle avait cessé de prendre ses enfants dans ses bras.

Thérèse se lance à présent dans l'histoire du cimetière Saint-Eugène. Comme si la culture la réchauffait, la voix s'affirme, prend de l'assurance, grimpe d'une octave, épouse un ton de prédicateur, impressionne tant le savoir est immense et la mémoire intense. On se prend à espérer un discours aux accents lyriques. Le visage illuminé par une lumière intérieure, elle semble racheter sa vie bancale dans la foi découverte grâce à l'étude de la métaphysique, sa spécialité dans l'enseignement de la philosophie.

– Nous embrassons ici la mémoire de l'Algérie, déclame Thérèse en levant le bras comme si elle brandissait la baguette d'un chef d'orchestre. (La voix enfle.) Nos aïeux enterrés dans cette partie chrétienne du cimetière européen reposent à proximité des cinquante victimes du massacre d'Isly qui eut lieu, je le rappelle, une semaine après les accords d'Évian, trois mois avant l'indépendance, lorsque l'armée française ouvrit le feu sur d'autres Français, illustration de l'absurdité d'une guerre inutile. (La voix monte encore, harangue une foule imaginaire.) Je rends hommage à mon père d'avoir milité pour une indépendance légitime, et cherché à créer les bases d'une cohabitation franco-algérienne. Je rends hommage au courage dont il fit preuve après que l'OAS avait tenté de le faire disparaître, plastiqué à plusieurs reprises notre maison et assassiné notre fidèle jardinier. Je rends hommage au stoïcisme qui fut le sien après qu'il eut par la suite été enlevé, puis torturé.

Victoire est impressionnée par la force de conviction de sa sœur, son talent de tribun porté par la foi, et l'amour qu'elle voue au Père, comme s'il était son père à elle seule. Et si elle-même, Victoire, s'était trompée sur toute la ligne ? Et si le Père était seulement un homme admirable ? Et si elle inventait ce père défaillant qui l'obsède ? Et si le Père avait un cœur ? Pourquoi refuser d'écrire ce livre à sa gloire ? Un parfum de moisissure la saisit. Elle est fatiguée d'elle-même.

Pendant ce temps, Thérèse, inlassable, poursuit sa litanie, dont la précision universitaire est parfois entrecoupée de reproches déguisés à l'adresse de sa sœur, cette aînée sans humanité qui les a sciemment privés du dernier adieu au pater familias.

Victoire entend sans écouter. Après le cimetière, elle s'enfuira, cessera d'être la sœur qui prend tout en charge, renoncera au Père, le laissera enfin dans la mort, il deviendra une photo souvenir dans un cadre cloué au mur du salon.

Des bribes de phrases dites par Thérèse traversent le vent. Une famille paysanne originaire d'Italie. Un arrière-grand-père venu jeune en Algérie pour trouver du travail. De petite taille, très droit, d'apparence sévère, la référence familiale. Des ancêtres forts, respectés, colériques mais justes, de droite mais modérés, républicains, patriotes. Enterrés aux côtés de leur femme dont on ne sait rien ou presque, comme c'était l'usage dans ces générations patriarcales. S'ensuit un manifeste féministe. Un encensement du Père qui croyait dans l'intelligence des femmes, l'obligation pour ses filles de faire des études supérieures, de construire une carrière.

– On ne pousse pas sur un arbre sans racines, merci à notre père d'avoir porté le nom de la famille dans l'histoire de l'Algérie, d'avoir œuvré à rendre son pays au peuple algérien.

Thérèse fut parfaite.

Benjamin

« Je profite de ce que les autres grillent sur les plages, sans compter ceux qui sont amoureux et ont la tête ailleurs, pour vous vendre un peu de mon talent qui lui ne prend pas de vacances. » Ces mots enregistrés sur le répondeur de Benjamin datant d'avant les téléphones portables, elle les a réécoutés pour la première fois depuis vingt ans juste avant de décoller pour Alger avec l'urne. Elle a hésité avant d'extirper la cassette, enfermée dans le tiroir verrouillé où sont rangés les quelques effets personnels de Benjamin dont elle n'a pas voulu se séparer, des livres, des poèmes, et les pyjamas roses devenus fins comme des vêtements de bébé. Elle a mis la cassette en marche sur son magnétophone, s'est menti en espérant que le temps les aurait effacés. A espéré entendre le son de sa voix, se faire du mal. Les larmes retenues depuis sa mort ont affleuré, hésité au bord des paupières. Elle s'est sentie tendrement mélancolique, a aimé la douceur de cet état. Depuis sa disparition, une part infime de Benjamin était restée vivante sur les photos posées sur les commodes, le plus souvent figées sur son sourire des très jeunes années. La suite, les photos sans regard, les yeux vides, le visage émacié, on ne voulait pas voir, pas savoir. La voix incertaine, fragile, l'humour timide camouflé derrière les mots du répondeur, la tristesse poétique lui ont serré le cœur, pourtant elle lui a souri de l'intérieur. C'était l'été, son dernier été, il était seul à Paris, sans famille, sans amis, il cherchait du boulot. Il s'appelait « concepteur-rédacteur » pour la publicité. La plupart du temps il vivait reclus chez lui ou marchait dans la rue vociférant, en crise. Il préférait l'errance aux médicaments qu'il ne prenait pas, il ne percevait pas la réalité de sa maladie.

Le soleil se couche, la baie d'Alger commence à s'assoupir. On ne voit que la mer, on ne sent que l'eau. L'opacité ondule sur des formes pas tout à fait noires. Le lieu est peu à peu gagné par la profondeur. Depuis son arrivée, la sensation d'être cadenassée s'estompe en Victoire, tout en libérant une perception de peur. Peur de sa solitude, elle marche seule, elle nage seule, elle mange dans son coin, elle lit dans son monde. Elle a perdu son temps avec des hommes qu'elle a rejetés parce qu'ils n'aimaient personne. La vie entre les hommes et les femmes est un malentendu, un orage qui cloche, une jolie illusion qui se déglingue. Parfois la foudre surgit, c'est l'amour, fulgurant, l'obsession, invivable. Les rares hommes qui survivent dans ses rêves flottent, silencieux, réservés, élégants. Quand d'autres se présentent, le désir la rend heureuse, elle s'endort dans leurs bras, mais elle se méfie, se lasse et le bonheur devient inconsistant.

Elle entend le silence qui s'avance sur la mer, le passé qui ne passe pas résonne avec la fin de Benjamin, qu'elle a enfermée pour surtout ne jamais y penser. Dans le crépuscule qui mêle l'enfance et la mort, le ciel s'ouvre, un éclair émerge du brouillard : l'ombre de Benjamin lui prendra la main pour jeter les cendres du Père.

Le jour de la mort de Benjamin, un soir de brume floue, quand l'obscurité finissante est contagieuse, Victoire s'était allongée à côté de lui, avait pressé son corps contre le sien, sur le canapé de leur enfance, à petites fleurs fanées, roses et blanches, il ne dormait plus jamais dans sa chambre, elle avait longtemps gardé sa main froide dans la sienne, pour essayer de la réchauffer, la sienne à elle avait fini par se glacer. Elle entendait le ton efficace du Père qui résiliait le bail de l'appartement par téléphone. Elle devina qu'il était assis sur le lit de Benjamin, dans la minuscule pièce contiguë, se demanda pourquoi il voulait toujours régler des problèmes sur un ton sec, pourquoi il était tellement non humain, c'était peut-être sa manière à lui d'être triste, au-dessus des morts et des mortels. La tête enfouie dans le cou de Benjamin elle eut envie de s'endormir, de partir avec lui, tout oublier. Elle ne se rendait pas compte qu'elle pleurait, elle pleurait d'épouvante, elle ne voulait pas qu'il disparaisse, elle n'avait pas su le retenir, elle avait capitulé, même si elle savait, même si tout le monde savait. Ses larmes mouillaient le tee-shirt de Benjamin, pénétraient sa peau froide, elles avaient un goût de frère, un mélange de bébé et de tabac. Elle ne voulait pas le quitter, elle ne voulait pas qu'il l'abandonne, leur vie entière avait été un abandon, il était le premier à s'en délivrer. C'était si tristement incommunicable. Il allait fêter ses trente ans, il y a des âges où on ne doit pas mourir. Elle se dégagea quand ce fut trop bouleversant. Elle entendit les mots du Père qui avait surgi derrière elle.

– Victoire, il va falloir songer aux choses sérieuses.

Le téléphone sonnait, sonnait. La messagerie se déclenchait encore et encore. Delphine s'inquiétait.

Elle habitait en province. Elle savait que c'était grave. Elle finit par dire, J'arrive.

– Pourquoi tu ne décroches pas ? dit Victoire au Père.

– Parce que c'est toi qui vas lui parler. Tu inventes n'importe quoi, mais il n'est pas question qu'elle prenne la route. Demain le chauffeur t'emmènera là-bas dans sa campagne, avec ta mère, à la première heure. Tu lui diras la vérité. Puis tu reviendras m'aider. Et surtout, pas de larmes.

– T'aider ?

Mama. Mama dévastée, livide, asphyxiée. Mama quantité négligeable, Mama sous-produit du Père. Mama arrivée la première. Mama hiératique en haut de l'escalier qui dit simplement, Benjamin est mort. Mama dans les bras de Victoire, Mama secouée de sanglots, qui pleure sans un mot, comme si le monde s'était retiré. Je ne te quitte pas, dit Victoire.

Voir sur la table basse les trois petits verres à liqueur autour de la bouteille d'eau de Cologne, la même marque que celle du Père, les deux boîtes de Tranxène 50 vides, le morceau de film étirable dans lequel avait séjourné la drogue, le portefeuille jeté au sol vidé par les dealers, le camembert pourri dont l'odeur pestilentielle s'est répandue dans toute la pièce. Il avait choisi de s'envoler au bout d'une fête misérable, un 1er janvier, sans rien dire, un sourire au coin des lèvres entrouvertes, comme si enfin il avait accompli son destin.

Mentir au téléphone à sa propre sœur, raconter une histoire glauque d'overdose, dire, Viens plutôt demain, il est entre les mains des médecins. Exploser dans la plus grosse crise de nerfs de sa vie, pousser des hurlements, trembler d'effroi, frapper le Père à coups de poing, résister à son emprise pendant qu'il la plaque au sol, arracher des mains de Mama la bouteille d'eau censée la calmer, comme la douche froide quand elle était petite. Haïr ses parents. La nuit avec Mama dans son lit collée contre elle, les sanglots faisant frissonner ses épaules. Elle, raide, sur le dos, la mâchoire en béton, les yeux écarquillés qui ne voient rien. L'image des hommes en noir qui emmènent Benjamin dans une longue boîte en plastique noir, qui ne tient pas dans l'ascenseur, qu'ils cognent contre le mur de l'escalier étroit, attention à la tête, qu'ils vont réfrigérer à la morgue, déposer dans un tiroir roulant. Arriver chez Delphine aux aurores à la campagne, qui se précipite sur la voiture, les lèvres bleues dans un visage blême, qui dit, J'avais compris, et s'écroule sur le capot de la voiture. Se séparer d'elle et de Mama pour retourner aider le Père. Entendre la voiture qui démarre et le chauffeur qui dit, Et vous Victoire, qui va vous consoler ?

Choisir le cercueil aux pompes funèbres, le Père n'a pas le temps. Rejeter l'acajou qui brille, opter pour un caisson milieu de gamme en bois brut et mat, décliner le capiton de satin blanc ou mauve censé réveiller le teint, supporter le regard des croque-morts qui la prennent pour une pauvre. Courir à la morgue, se tromper d'entrée, se retrouver dans le métro à l'heure de pointe, éclater de rire à cette dernière blague de Benjamin. Rebrousser chemin, apporter les vêtements au funérarium, ceux qu'il aurait lui-même choisis. Voir, dans le tiroir de conservation, son visage d'ange devenu de cire, le reconnaître officiellement, rester extérieure, refouler la nausée qui menace, les tempes qui vrillent, le cœur qui bat, mais pas de larmes, surtout pas de larmes.

Plus tard, allongé dans son cercueil minimaliste, sans fanfreluche intérieure, en pantalon et chemise en jean, dans ses baskets blanches dont les semelles sont plaquées contre le fond parce qu'il est très grand, ses cheveux coiffés avec une raie sur le côté comme lorsqu'il était enfant, on dirait un vivant qui aurait rendu son âme au monde.

Dans le caveau du Père-Lachaise, son cimetière préféré, le long des allées duquel il faisait de longues promenades, où il avait depuis longtemps repéré la tombe familiale non loin de celle de Jim Morrison, il apparaît en dernier sur la liste des membres de la famille paternelle de Mama. Leurs noms sont gravés en noir dans la pierre blanche, le sien est resté blanc, transparent, invisible, comme si l'absence était son langage.

Aider le Père, se rendre utile sans chômer, s'occuper du déménagement. À son travail, elle a droit à trois jours de congé pour la mort d'un frère. La porte de l'appartement est ouverte, la serrure fracturée, les assassins trafiquants ont sévi, ravagé l'intérieur. Un clochard surgit de l'escalier, pousse la porte fracassée, il a faim, il cherche un matelas pour se poser, elle le renvoie jusqu'à la rue à coups de pied. Dehors, elle se sent minuscule. Sa voiture a disparu. Elle appelle Claudine, sa copine bricoleuse forte comme un homme, qui adore Benjamin, qui a le cœur sur la main. Elles se retrouvent à la fourrière, Claudine oublie sa boîte à outils par terre en montant dans la voiture. Elles vont la récupérer dans le sous-sol glauque qui ressemble à un parking de prison, elles ont un fou rire, elles font une pause au café du coin. Claudine dans son bleu de travail boit le rosé à la bouteille. Elles sont ivres, mortes de rire. L'ascenseur est en panne, elles titubent dans l'escalier, le Père a réservé les déménageurs pour le soir, elles ont trois heures pour trier.

Le ciel est noir, les nuages au bord de crever, il va pleuvoir des trombes, l'électricité est coupée. Les tableaux d'ancêtres font des taches sombres sur les murs. Benjamin avait la folie des collections, il aimait surtout les portraits de vieux, leur regard désert. Les couches de peinture se superposent sur les murs mal peints, vert, jaune, rouge foncé, violet. Victoire l'avait retrouvé un soir, hagard, pieds nus, livide, tremblant sous la porte cochère voisine, les cheveux couverts de peinture violette, vêtu d'un pyjama rose, le SAMU l'avait ramassé, il était en hypothermie. Elle lui avait apporté ses baskets et des vêtements à l'hôpital, il ne se souvenait de rien. Il avait juste dit qu'il mourrait un jour comme un pauvre, répandu sur le trottoir, comme une peau de banane.

Un monceau de sacs de supermarché sont empilés dans la cuisine. Sur une feuille aimantée de guingois à la porte du frigo, des mots disent : « Dans une famille démocratique rien n'est impossible, c'est le père qui décide. » Sacré Benjamin. Elle fourre les papiers qui jonchent l'étrange bureau d'époque Régence dans les sacs ; le tiroir de droite est rempli d'une montagne de cachets blancs, des cachets de toutes les formes, de toutes les tailles. Claudine est pharmacienne, elle dit que ce sont des psychotropes, des trucs pour dormir, des trucs pour s'assommer, pour assommer un cheval. Il en avalait des quantités impressionnantes pour se défoncer, s'échapper, en finir. Puis il sombrait comme une pierre, impossible à réveiller. Il passait des nuits chez Victoire, replié en position fœtale, sur la méridienne dessinée par Charlotte Perriand, à côté du chat qui ronronnait contre lui.

Une vague de détresse attaque Victoire dans l'appartement en vrac. Les boîtes de médicaments qui traitent la schizophrénie sont entassées sur la cheminée, à côté de l'ordonnance, intouchées. On fait comment pour soigner le manque d'amour ?

Claudine lave, efface, fait disparaître toute trace suspecte de drogue, névrose, psychose ; éviter l'autopsie, l'enterrer au plus vite, avait dit le Père. Victoire ne supporte plus la présence du canapé, elle supplie les déménageurs de le jeter dans une déchetterie. Ils disent, On essayera. Elles s'assoient contre un mur sur le parquet aux lames qui grincent, Claudine fume une Gitane sans filtre rescapée du ménage, fait la grimace, se demande comment il pouvait fumer des trucs pareils, ça pourrait tuer un âne mort.

Elles vont dîner chez le Père, qui fait du charme

à Claudine, il ne peut pas s'en empêcher. Depuis la table autour de laquelle ils ont pris place, le Père, Patrice et Thérèse, Victoire et Claudine ont vue sur l'intérieur du garage de gauche situé dans la cour de l'hôtel particulier XVIIIe siècle du Père. Les déménageurs ont traversé Paris pour y balancer les affaires de Benjamin. Ils n'ont pas réussi à fermer la porte en accordéon. En équilibre sur les jambes du bureau posé à l'envers, trône le canapé lugubre, côté face, la place du mort. Victoire ne mettra plus les pieds chez le Père.

Plus tard, quand elle penserait à Benjamin, aucune larme ne viendrait jamais la secourir. Elle serrait les dents, dure comme un roc impénétrable, incapable de s'amarrer au réel, d'être une personne. Elle cessa juste de dormir la nuit, s'habitua à garder les yeux ouverts, à ne penser à rien, absolument rien, à vivre l'expérience de l'inexistence, attendre seulement que le temps passe, que le chagrin s'éteigne dans son cerveau ; puis l'insomnie devint intermittente, elle s'endormait brusquement ou elle pleurait en rêve. Le fantôme de Benjamin venait parfois la regarder dormir, posé sur son fauteuil en cuir éraflé qu'elle avait emporté chez elle. Peu à peu elle s'accoutuma à la douleur, se prit à l'aimer plus qu'un bonheur inutile.

La beauté du diable

Benjamin était né avec la beauté d'un ange. Le visage de Mama, les traits fins comme des coups de crayon à peine effleurés. Il avait le charme délicat d'un portrait peint lors de la Renaissance italienne, une esquisse à la Botticelli, dont on redoutait qu'elle s'efface. Un regard évanoui dans la mélancolie, un sourire triste éclairé par deux fossettes. Il s'exhalait de cette perfection esthétique la douceur d'un souffle d'enfant, la fragilité d'une vie ne tenant qu'à un fil.

Dès la petite enfance, après la séparation du Père et de Mama et le retour en France, Benjamin avait révélé des failles. Plutôt que d'apprendre à lire ou à écrire, il traçait les lettres à l'envers, les étirait de dessins en forme de fusées spatiales, ne comprenait rien aux chiffres, n'écoutait pas les sermons que lui infligeaient les maîtres d'école. Un trouble de l'attention l'empêchait de se concentrer, son cerveau était assailli par un faisceau d'informations qu'il accueillait toutes en même temps, sans intention d'en choisir une plutôt qu'une autre. Il se contentait des frôlements poétiques que lui inspiraient ses songes. On le prenait pour un doux rêveur, il en était fort aise.

Il passait d'un bavardage euphorique à un mutisme absolu, une lueur d'inquiétude accablait d'un coup son regard, mais l'entourage se réfugiait dans le déni, derrière l'idée d'une anomalie éphémère qui disparaîtrait. On recommanda à Mama de se tourner vers la médecine. À l'époque on prononçait sur le bout des lèvres les gros mots commençant par « psy ». Mama comme le Père, qui fut alerté, refusèrent de soumettre Benjamin à une batterie de tests barbares qui les effrayaient, auxquels ils n'auraient jamais consenti à se plier eux-mêmes. Leur fils n'était pas fou, il était juste atteint d'étrangeté. Si on l'empêchait de dessiner au lieu d'étudier, si on lui faisait copier cent fois les mots qu'il s'obstinait à oublier, si on le punissait quand il rêvassait, il deviendrait comme les autres. Un répétiteur fut engagé, les règles du jeu furent établies, deux maîtres mots furent énoncés par téléphone depuis l'Algérie où vivait le Père alors que Mama et les jumeaux habitaient Paris : « de l'autorité, pas d'indulgence ». Le dénommé Monsieur Lucien dont les yeux disparaissaient derrière des lunettes épaisses comme des loupes, aux verres opaques recouverts de débris agglutinés, haussa en douce ses épaules qui tombaient dans une veste trop grande, aux coudes et emmanchures lustrés ; il signifiait ainsi que, n'ayant pas de prédispositions pour le conflit, il opterait pour la douceur et la patience. Le Père étant absent, l'autorité attendrait. Mama décida de faire confiance à Monsieur Lucien. Plutôt que de s'acharner sur les syllabes que Benjamin ne parvenait pas à mémoriser, le répétiteur, un professeur de français à la retraite, inventa des histoires qu'il racontait à voix haute ; certaines éveillèrent la curiosité de l'enfant qui les prolongea d'une infinité de péripéties, laissant deviner un talent de conteur. Victoire se souvient d'un exposé consacré à la vie aventureuse des bernaches survolant les marais salants, qu'il déclama un jour à la campagne chez un ami de Mama, son amant du moment. Sur une photo dénichée dans le tiroir secret de Mama, Benjamin, perché en équilibre sur une chaise longue striée de lattes en bois laqué de blanc, disparaissant dans le short blanc dont Mama chaque année acquérait une taille supérieure, levait les bras au ciel dans l'attente du vol en forme de V des oies noires. Il prétendait que, baguées comme les pigeons voyageurs, elles viendraient lui délivrer un message avant leur départ pour la Sibérie. En arrière-plan apparaissaient les silhouettes floues de Victoire et Delphine affublées de leurs fameuses jupes plissées, blanches toujours, comme une non-couleur.

Cahin-caha, avec le temps, Benjamin fit quelques progrès, apprit à lire et à écrire, mais ne rattrapa jamais un retard qui l'isola des autres enfants. Il n'avait pas d'amis, s'habitua à sa place de dernier de la classe. Rentré à la maison, il avisa un jour, sur la table de style gustavien du salon, un jeu de cartes usagé figurant en intrus parmi les statuettes en biscuit disposées sur le tissu moiré de la nappe, et s'en saisit comme d'un trophée. Peu à peu il entraîna ses doigts à volatiliser les cartes, puis les faire réapparaître, s'initiant sans le savoir à la magie. Il avait acquis, par l'intermédiaire du cousin habitant le cinquième étage avec lequel il entretenait des rendez-vous cachés parce que ses parents ne parlaient pas aux divorcés, un livre décortiquant en images des tours de cartes qui, à douze ans à peine, le mèneraient à une brève carrière de prestidigitateur. On applaudissait ce jeune prodige à peine pubère, vêtu d'un pourpoint rouge sang de bœuf et coiffé d'un chapeau noir haut de forme, qui se tenait planté au milieu d'une estrade démesurée sur des jambes fines, et faisait disparaître puis renaître de petits objets, mais aussi des colombes qui s'envolaient dans le dernier acte. À défaut de s'embarquer pour un parcours doué de raison, il découvrit dans l'illusion la poésie qui lui convenait, lui arrachait parfois un sourire et le maintint en vie pour un temps. À l'adolescence le Père l'envoya dans une pension en Suisse, un de ces endroits où l'on prétend redresser les élèves difficiles avec une discipline militaire. Lever à six heures le matin après une nuit enfermé à clef dans une cellule spartiate, douche glacée au réveil, déplacements en rangs, silence obligatoire, colles tous les samedis, pas de visites hors des vacances scolaires. Un an plus tard, il avait grandi de quinze centimètres, se tenait voûté comme un vieillard, titubait comme un zombie, le regard liquide fondu dans la mélancolie. Sa voix lente émergeait d'un nuage brumeux, ses silences prolongés ressemblaient à des absences. Un rire sardonique, soudain et bruyant, coupait son visage en deux. C'est le moment où il commença à entendre des voix, où l'enfer s'immisça dans sa vie.

Il se mit à écrire des histoires à dormir debout, avec des raccourcis elliptiques qu'il était le seul à comprendre. Il s'inspirait du sapeur Camember, une bande dessinée datant de son enfance, dont le héros ayant vécu au Second Empire portait un bonnet à poil et se livrait à des facéties abracadabrantes. Un jour qu'il se sentait très seul, il en redécouvrit un exemplaire sur l'étal d'un bouquiniste parisien au bord de la Seine, un matin de grand vent, alors qu'il déambulait sur les quais à la recherche d'un pot de sa fameuse peinture violette, pour étaler une quatrième ou cinquième couche sur le mur de son salon. Il parlait avec ses voix qui l'accompagnaient, lui conseillaient de mélanger l'alcool et la drogue qu'il partait se procurer, souvent pieds nus dans la rue, en engageant une conversation agitée, rythmée par de grands gestes des bras. Le sapeur Camember qui, assurait-il, venait lui rendre visite pendant ses périodes d'euphorie le faisait hurler de rire. Mais ses crises étaient suivies d'accès de dépression, de plus en plus fréquents, de plus en plus sombres. Il passait alors des heures sur un fauteuil chez Mama, les yeux fixes, hébété ; elle commença à dépérir de tristesse et d'angoisse, à redouter l'ange devenu diable qui entrait soudain dans des colères folles.

Débutèrent les cures de désintoxication dont il parvenait à s'échapper dès que le sevrage le sortait des limbes. Il finit par atterrir en banlieue dans un lieu majoritairement peuplé d'employés de la SNCF, où il se sentit bien accueilli et se fit des amis. Ses compagnons observaient avec curiosité ce grand échalas hirsute qui errait dans des pyjamas roses. Les médicaments jugulèrent la psychose pour un temps et il vécut deux mois sans crise aiguë. Puis il se lia d'amitié avec son nouveau voisin de chambre, un conducteur de locomotive aux yeux injectés de sang dans un visage bouffi et couperosé, en convalescence depuis trois mois ; Maurice, c'était son nom, lui proposa de l'emmener pêcher, ils s'assirent tranquillement côte à côte au bord de l'étendue d'eau qui bornait la maison de santé. Maurice, qui parlait sans arrêt, déterra d'entre les herbes la canne à pêche qu'il avait fabriquée à partir d'une tige de bambou, dont un crochet était serré au bout du fil. Je la lance pas trop loin pour ferrer le poisson, précisa-t-il, c'est comme ça qu'on dit, je donne quelques secousses pour faire comme si, et voilà je soulève mon poisson. Émergea alors, au bout du crochet agrippé à un gros anneau, une bouteille de vin rouge. Maurice éclata de rire, Ahah je l'ai mise au frais, faut pas se laisser aller. Un trafic d'alcool sévissait entre les pensionnaires et les visiteurs. Benjamin que le vin rouge faisait vomir fut adoubé par ses pairs qui promirent de lui procurer du blanc. La supercherie fut découverte, on renvoya Maurice et quelques autres dans leurs foyers ; Benjamin, qui n'avait pas encore eu le temps de rechuter, fut autorisé à rester. Mais le ver était dans le fruit.

À mesure qu'il approchait d'un début de lucidité, l'angoisse le submergeait.

– L'existence normale n'est pas faite pour moi, disait-il à Victoire. Je connais le monstre qui rampe au fond de moi. Je n'ai pas envie d'aller plus loin. L'idée de ressembler à mon père me fait frémir, il est beaucoup trop grand pour moi. Tu as vu son bureau ? On pourrait y jouer à cache-cache. Toi tu es forte, sauvage, du moins peu domestiquée, tu fais de la résistance, tu passes entre les gouttes. Je ne suis pas fait pour durer.

Il passa son bras autour des épaules de sa sœur, des sanglots lui arrachaient des hoquets. Victoire se boucha les oreilles, le corps insoutenable, elle avait peur, une peur de tout, inséparable de la vie.

Le soir même, tous feux éteints, alors que l'infirmière de nuit entamait sa ronde, Benjamin cambriola la volumineuse armoire à pharmacie, dont il cassa la porte, et il avala une poignée de cachets blancs. Le directeur, qui n'avait pas l'habitude d'accueillir dans sa maison de santé des toxicomanes bourgeois et psychotiques, prit des gants pour annoncer à Victoire que, une fois Benjamin sorti d'affaire, il ne pourrait pas le garder.

Les deux bras perfusés après un lavage d'estomac, cloîtré dans une chambre minuscule séparée en deux espaces par un rideau, avec vue sur un grand cèdre qui sentait un peu la terre, l'ancienne terre invisible, la moisissure, disait-il, Benjamin se réjouissait d'avoir retrouvé le lit à barreaux ressemblant à celui de son enfance et ses voix, ses vraies amies, qui lui rendaient de petites visites. Les yeux vitreux, il accueillit sa sœur avec un sourire béat.

– Emmène-moi loin d'ici, lui dit-il.

– Tu es trop lourd.

– Tu n'as qu'à me mettre dans une enveloppe. Regarde par le trou de serrure du téléphone, le spectacle vaut la peine.

Avec Henri, son voisin allongé de l'autre côté du rideau, qu'il appelait Lionel parce que ça lui allait mieux, il parlait technique et désespoir, affirmait que si les pères passaient par la douleur de l'accouchement, ça les rendrait plus humains. Il avait le regard éthéré, l'âme et le cerveau dissociés, la voix flottant sur un corps pesant une plume, si léger que l'on redoutait qu'il s'envole ; le mot « désagrégation » vint à l'esprit de Victoire, bien qu'elle n'en connût pas le sens exact, c'était juste une intuition. Pour la première fois, elle souhaita qu'il disparût, qu'on le laissât mourir.

C'était l'hiver, un brouillard pâle embuait la fenêtre, la chaleur suffocante des radiateurs sentait la maladie mentale, une violente odeur d'angoisse et de désinfectant. Le visage amaigri sur un oreiller grisâtre, Benjamin chantonnait en regardant le cèdre qui avait perdu ses feuilles et dont les branches frissonnaient avec le vent.

La famille ne savait plus que faire, tous voyaient la fin se profiler, Mama restait enfermée chez elle, pour le cas où son fils viendrait sombrer sur le fauteuil Voltaire qu'il avait retourné contre le mur, Delphine croyait encore au miracle, cherchait le psychiatre idéal, traînait son jumeau par la main aux réunions des Narcotiques ou Alcooliques anonymes, il ne voulait rien entendre, elle le recueillit dans sa maison à la campagne ; les marches de l'escalier craquaient quand il partait errer la nuit d'une pièce à l'autre, à la recherche d'alcool, il avalait de plus en plus de cachets blancs, sombrait dans une sorte de coma, parlait avec ses voix quand il émergeait de son sommeil de pierre, éclatait d'un rire diabolique. Il perdait la tête. Et Delphine était couverte d'urticaire.

Noël approchait. C'était la terreur de Victoire, la réunion d'une famille décomposée.

Benjamin était écroulé chez elle depuis quelques jours sur le matelas de la pièce dans laquelle elle ne travaillait plus. Il n'y avait pas d'alcool dans la maison. Mais les cachets blancs étaient bien là, au fond de ses poches, qu'il barricadait de ses mains. Le compagnon de Victoire prônait l'internement forcé, il lui inspirait du mépris, il n'était pas question d'employer la violence. Elle le quitta. Aujourd'hui elle se dit qu'elle a eu tort, qu'il aurait fallu imposer la manière forte, que personne n'avait eu le courage d'y avoir recours, qu'elle a été lâche, soumise au fond d'obstination hébétée qui empoisonne sa vie.

À la demande du Père, Victoire organisa un dîner de Noël chez elle avec lui-même, Benjamin et Mama.

Allongée sur le lit de sa chambre à l'hôtel Saint-George d'Alger, Victoire tente d'effacer le charivari de son cerveau. Ce qui affleure à sa mémoire, là, dans la pénombre des persiennes fermées, c'est le visage en sueur de Benjamin, ce soir de réveillon, et le regard qu'il lance à son père sous ses cheveux embroussaillés, un regard de défi exténué, dont on ne sait pas s'il va tuer ou abandonner le combat.

Le Père se tient debout, droit, austère, les dents serrées, les yeux fichés dans ceux de Benjamin assis face à lui, tassé de travers, les épaules courbées, de l'autre côté de la table parsemée d'assiettes dorées, de verres en cristal et de couverts en argent. Le Père a apporté une bouteille de vodka, dont les traces de buée sur le verre laissent entrevoir le liquide glacé comme il faut, prêt à être dégusté à la manière d'une friandise. Il dévisse le bouchon, sans quitter son fils des yeux, porte la bouteille à ses lèvres, la soulève pour boire au goulot, une gorgée puis deux puis trois puis la moitié du contenu, la repose bruyamment sur la table. Alors, de l'autre côté de la table, Benjamin, sans quitter son père des yeux, met la main dans sa poche, en extrait une poignée de cachets blancs puis deux puis trois, se saisit prestement de la bouteille de vodka pour avaler les cachets en trois longues goulées successives, pose la bouteille vide avec fracas sur la table, sourit à son père, soutient son regard et lui dit, Joyeux Noël.

Victoire se dirige vers le Père, se hausse sur la pointe des pieds, rassemble toutes ses forces, lui envoie une gifle monumentale, le traite d'assassin et lui ordonne d'une voix blanche de partir de chez elle et de ne jamais y revenir.

À partir de cette soirée macabre, elle se transforma en la glaciale observatrice d'un personnage qu'elle regardait comme une surface inexistante. Pas de sentiment, pas de débordement. Le Père s'éteignit dans son cerveau, il devint un concept.

Une semaine plus tard, Benjamin était mort.

Yacht-club

Elle a du gaz dans la tête, elle n'a jamais oublié le Noël tragique, elle n'a jamais pardonné au Père. Dans sa chambre d'hôtel, elle étouffe derrière les rideaux tirés, repousse d'un geste de la main le démon de l'introspection, se lève pour aller faire un tour, fourre l'urne dans son sac en toile brute, les deux kilos et demi de cendre plus le poids du contenant l'accablent à l'avance. Elle hésite au seuil du porche de l'hôtel. Le soleil est à peine levé, la chaleur est suffocante, tombe une pluie diluvienne tiède qui sent la terre moite et molle, puis s'arrête brutalement. Le ciel lavé est bleu-gris, presque blanc. Elle marche lentement, ne sait pas dans quelle direction monte la rue, le sang brûle ses os, ses membres ont gonflé, elle est perdue dans un pays étranger, qu'elle ne parvient pas à quitter. La lumière de l'enfance a disparu. Une tristesse sauvage ne la quitte plus. Sa vraie vie est de plus en plus intérieure, enfermée dans des souvenirs de souvenirs, dans une sorte de non-lieu au fond duquel elle se retranche, comme derrière un rempart contre l'inexistence. Elle est devenue pensée, le paysage le plus proche d'elle-même. Mais elle est saturée d'elle-même. Au bout de la rue, la pente s'inverse, descend à pic, une grue mobile est arrêtée, le chauffeur ne la voit pas depuis sa cabine, elle est à contre-jour, il actionne le vérin de relevage, qui la manque de peu, déclenche la flèche télescopique qui frôle son visage, aurait pu la défigurer, peut-être la tuer. La métaphore la terrifie. Elle s'allonge sur un banc de pierre.

Un désir de tranquillité se détache sur le gris du jour commençant, effleure la peau de son visage, une caresse accidentelle, une feuille morte voletant à petits coups d'aile, qui la distrait d'elle-même. Les yeux clos, le cerveau silencieux, elle éprouve, elle ressent, elle s'abandonne, le fantôme de son frère s'évanouit peu à peu dans l'air humide. La respiration retenue, les épaules en ligne horizontale, la tête dans son axe, les omoplates serrées, les muscles contractés, elle se dirige vers la mer, l'eau est son élément. Sur le chemin de la baie, elle traverse un marché qui s'éveille, les femmes vêtues de haïks noirs montent les étals en bavardant, les hommes ouvrent leurs échoppes, mâchent le tabac à chiquer posé entre les lèvres, la regardent des pieds à la tête, répondent à son salut d'un hochement de tête. Elle hume les parfums des tomates qui côtoient les épices, s'emplit des couleurs des fruits et légumes, s'arrête devant un bazar, achète un maillot de bain à volants rouges et verts, une longue robe bleu et jaune. Elle lève les yeux vers les objets suspendus, s'offre un faux sac siglé Chanel dont une chaîne épaisse en métal doré fait office de bandoulière, et les lunettes de soleil vendues avec. Elle installe l'urne dans le nouveau sac, sur le fond de simili cuir matelassé qui crée un petit coussin confortable. Avec les grosses lunettes aux verres teintés, qui lui mangent la moitié du visage, elle a l'air d'une touriste américaine qui se promène incognito.

Une vague de souvenirs remonte. Lors des derniers temps de la vie de Benjamin, elle portait des lunettes noires pour protéger ses yeux, agressés par une conjonctivite aiguë qui insistait malgré les gouttes. Ainsi déguisée en star, au bras de son frère qui avait l'air d'un clown poétique, ils déambulaient dans le quartier qu'il habitait. Elle se souvient de l'humour décapant de Benjamin frisant l'hallucination, de son talent pour l'autodérision et des fous rires qu'ils partageaient. Au bar du coin de la rue, ils faisaient une halte pour boire des cafés ou des verres de vin blanc, cela dépendait de l'humeur du jour, en compagnie des paumés du quartier qui racontaient des histoires à dormir debout. Le patron qui s'appelait Désiré avait de grandes oreilles derrière lesquelles il coinçait ses crayons. Son ventre proéminent lui servait de pupitre pour noter les dépenses des clients qui le payaient en fin de mois avec leur allocation de reclassement, qui ne reclassait jamais personne. Vendeur de voitures d'occasion dans une vie antérieure, il avait bifurqué vers les zinzins périmés qui causaient moins d'accidents que les conducteurs du dimanche. Dans cette famille drôle et triste, avec un cœur gros comme ça, Benjamin avait été adopté à bras ouverts, même lorsque ses délires le transformaient en démon.

Le désir d'eau se fait pressant. Elle accélère le pas, choisit de se rendre au yacht-club, plutôt que sur une plage populaire. Elle y donne rendez-vous à Malika qui revient de quelques jours chez elle à Tizi Ouzou, en Kabylie. Le club était l'un des lieux où se retrouvait dans les années de guerre la population des pieds-noirs qui se trouvait chic. Ils la regardaient en biais d'un air vaguement réprobateur, parce qu'elle y rencontrait Malika et ses chevaliers servants, les amis arabes qu'elle fréquenterait jusqu'à son départ d'Algérie, peu avant que le Père eût disparu, enlevé par les sbires du président Ben Bella et jeté en prison. Un épisode qu'il lui raconterait lors de l'un de ces fameux entretiens qui auraient dû figurer dans le livre qu'elle se refusait à écrire.

Elle ne reconnaît pas le yacht-club de sa jeune adolescence, les parasols qui habillaient la jetée nord de l'Amirauté, le ballet des serveurs en uniforme qui déposaient les boissons fraîches sur les tablettes marines, disparue aussi la bande de joyeux drilles et de femmes éperdues d'amour pour leur pays ensoleillé, qui s'interpellaient les uns les autres d'une voix enjouée, dans une langue pauvre en syntaxe au vocabulaire réduit, dont les intonations montaient et descendaient, insouciants et inconscients de la gravité des Événements. Disparu aussi le très beau bateau de l'oncle, le frère du Père, un petit bijou tout en acajou, garé le long du quai où scintillaient les yachts et les Chris-Craft aux moteurs rugissants. Mais elle reconnaît l'eau, immobile, veloutée, transparente. Abritée derrière un ponton sur le quai déserté, elle enfile le maillot de bain rouge et vert acheté au marché, qui ne ressemble à rien de ce qu'elle aime, plie ses affaires dans un coin, le nouveau sac de l'urne exposé comme une tête de gondole. Pieds nus, elle titube légèrement sur le béton granuleux qui mène au bout de la jetée, là où la baie offre l'infini de l'horizon. Et elle plonge, elle plonge dans la mer qui la prend entre deux eaux, celle du haut plus tiède que celle du bas, elle ondule comme un poisson dans une brasse coulée qui évolue en papillon, retient sa respiration pour épouser ce goût d'éternité. Puis elle s'élance vers le large dans un crawl puissant et régulier, sent les tensions devenir fluides, l'une après l'autre, les poumons s'ouvrir, le dos s'élargir, les muscles des jambes s'allonger au rythme des battements. Elle est capable d'être heureuse quand sa tête rejoint son corps, quand elle ressent mais ne pense pas. En même temps que monte l'adrénaline, que les mouvements marquent la mesure, elle se coule dans un rêve qui se raconte tout seul, la souffrance disparaît, elle nage jusqu'à n'en plus pouvoir. Alors, allongée sur le dos, les oreilles immergées, flottant comme une bouée à la toute surface de l'eau, elle fait la planche sous le soleil, se laisse dériver au gré du courant, suspendue entre veille et sommeil. Et elle pense qu'elle ne pense pas.

Quand Victoire se rapproche du quai, la silhouette de Malika qui descend la route du Phare se reflète dans l'eau immobile. Malika éclate de rire.

– Tu fais concurrence à la mode algérienne ? dit-elle à la vue du maillot de bain à volants.

– Je m'entraîne à changer de peau, dit Victoire un sourire aux lèvres. J'en ai assez d'être une vieille femme sans futur, accrochée à son passé comme une moule à son rocher. Je m'entraîne aux choses simples, à la futilité.

– Te voir toi avec un sac Chanel c'est le monde à l'envers. Tu peux m'expliquer le pourquoi de cet accoutrement ?

– Le sac est la tombe provisoire de l'urne.

Malika dévisage son amie, une lueur d'incompréhension dans le regard.

– C'est une blague ?

– Non, ça me met en joie.

Malika lève les yeux au ciel.

– Pourquoi es-tu revenue ici, dans ce lieu abandonné resté un symbole de la grande bourgeoisie européenne, comme le Raquette qui continue de te rendre nostalgique ?

– Parce que j'ai besoin de renouer avec mes racines. Je te rappelle qu'on y passait des journées entières, toi comme moi, dit Victoire. Et que ça ne t'empêchait pas d'y faire la fête. Ni de flirter avec des Français, ajoute-t-elle avec un clin d'œil. Tu as oublié nos premières histoires d'amour, toi avec Philippe, moi avec Karim ?

Malika interrompt Victoire.

– C'est du passé, oublions le passé.

– Eh bien non, réplique Victoire. Je n'oublie pas le passé, je n'oublie pas les lieux où j'ai été heureuse, je n'oublie pas mon enfance, je n'oublie pas les gens que j'ai aimés, ceux qui m'ont marquée. Et je n'oublie pas les vieux qui ne se sont jamais remis de quitter leur pays. Nous, on était jeunes, on avait un avenir.

– Et tu n'oublies pas les harkis ? dit Malika avec une pointe d'agressivité. Les enfants des harkis ?

Victoire marque un instant d'hésitation, fronce les sourcils.

– Les harkis ? Tu leur as pardonné leur trahison ?

– Je les comprends mieux aujourd'hui, dit Malika. Je n'oublie pas qu'ils ont payé très cher leur fidélité à la France qui les a trahis. Je n'oublie pas que les fellaghas en ont massacré des centaines, je n'oublie pas qu'ils ont été livrés à la vindicte populaire par une partie de l'armée française, que la France les a parqués et accueillis comme des chiens dans des camps innommables. Leur sort restera la honte de la France.

– Je suis d'accord, dit Victoire, on en a déjà parlé.

Tu sais que ton père et ton oncle Toufik, qui travaillait chez nous comme cuisinier, ne parlaient jamais de leur frère harki, qui s'est retrouvé dans un de ces camps de la honte. Mon père est allé lui rendre visite un jour et lui a proposé un logement dans la maison basque, en échange de quelques heures de jardinage. Il parlait à peine le français, mais lui a fait comprendre que plus jamais il ne travaillerait pour des Français. Sa fille, ta cousine donc, a publié un roman sur la guerre d'Algérie, un roman où elle a mêlé l'imaginaire et le réel, une histoire dont elle a essayé d'arracher des bribes à son père, qui avait décidé de se taire, d'enfermer en lui ces années d'horreur jusqu'à sa mort. Elle est allée sur place, a parcouru la Kabylie, jusqu'à leur village dans la montagne, où elle a tenté de recoller les morceaux de sa famille détruite. Ce sont les enfants des harkis qui déterrent leurs racines et réveillent la mémoire de l'Algérie.

» Pour en revenir à Philippe, ajoute-t-elle après un moment, ton amoureux des années soixante, je comprends tes réticences. Que certains de nos amis et lui-même aient milité pour l'OAS, c'était impensable. J'ai oublié de te raconter que je l'ai croisé un jour par hasard à Paris ; il habitait une chambre à la cité universitaire. On a bu un café chez lui. Sur un mur, au-dessus de sa table de travail, en face de son lit, était punaisée une photo de Salan. Il en était toujours là, dix ans après l'indépendance.

Malika lui coupe la parole :

– L'OAS n'existait pas encore à la période où on sortait avec toute cette bande. Et puis arrêtons de remuer le couteau dans la plaie. Toi tu avais la chance d'avoir un père libéral qui n'a jamais milité pour l'Algérie française. Enfant tu étais carrément amoureuse de lui. Pour des raisons mystérieuses, tu l'as rejeté.

– Ce n'est pas le sujet, dit Victoire en baissant la voix.

– Je ne veux pas être méchante, reprend Malika, mais les rapports compliqués père-fille, c'est un cliché. Il est temps de passer à autre chose. Commence par l'enterrer, ça n'a aucun sens de trimballer l'urne comme une relique.

– J'attends de trouver le bon moment au bon endroit. J'hésite entre utiliser les cendres comme terreau pour faire pousser un arbre, ou les jeter dans une décharge. Dans tous les cas, je resterai à Alger tant que je ne m'en serai pas débarrassée.

– Si ça te plaît de te faire du mal, après tout c'est ton problème, dit Malika.

Enfermement

De retour dans sa chambre d'hôtel, Victoire ouvre les rideaux pour la première fois depuis son arrivée. Jusque-là, à aucun moment elle n'avait prêté attention à travers la fenêtre au grand patio carrelé de zelliges au milieu duquel s'élance un palmier dont les feuilles supérieures poussent en spirales. À aucun moment elle n'avait remarqué, sur le côté droit opposé à l'entrée, les deux imposants mimosas dont le halo lumineux fait écho à ceux de la maison d'El Biar. Pas celle de l'enfance devenue l'ambassade d'Allemagne, celle des années de guerre, Djena, qui explosa un jour de l'année 1962. Le Père qui comptait encore quelques camarades d'enfance, fidèles bien que radicalement opposés à ses opinions politiques et sympathisants de l'OAS, avait été secrètement averti de l'imminence de l'attentat. La famille n'eut que le temps de quitter précipitamment les lieux sans emporter l'ombre d'un objet, puis de se réfugier au centre-ville d'Alger chez un ami algérien proche du Père depuis les années de lycée. La maison avait déjà été à plusieurs reprises la proie de plasticages cantonnés au jardin et à la bergerie ancienne désertée par le jardinier retourné chez les siens dans la montagne, et qui avait été tué lors d'un raid des paras de Massu.

Bien qu'elle n'eût que douze ans, Victoire quitta en douce, le lendemain de l'attentat, alors que le jour tombait, l'appartement citadin resté dans la pénombre par précaution, brava le couvre-feu en rasant les murs dans des vêtements sombres et portant une capuche sur la tête, gagna El Biar en marchant vite, s'engagea furtivement sur le chemin instable de sable et de pierres qui menait à la maison. Voir, elle voulait voir. Pendant que les deux vigiles vêtus d'un uniforme en toile beige parlaient haut à grand renfort de gestes, elle plia son corps pour se faufiler sur la pointe des pieds à travers le trou béant qui remplaçait le portail et dégageait une très forte odeur de bois brûlé. Sautillant à tout petits pas à distance de l'entrée en baissant la tête, elle s'avança vers la maison mauresque. De la fumée, une poussière de cendres, s'échappait par les ouvertures, portes, fenêtres, lucarnes à barreaux. La blanche façade de la maison était dévastée par de larges traînées noires qui la mettaient en deuil. Victoire contourna le bâtiment principal, enjamba l'amoncellement de choses indéfinissables qui jonchaient le sol, s'éloigna en courant, souple et silencieuse comme un chat, escalada les trois marches menant à la terrasse sur laquelle était construite une maisonnette en bois, sa cabane, son refuge, le lieu où elle rangeait sa vie. Le gros mimosa qu'elle avait vu grandir, dont la couronne jaune surplombait la porte d'entrée, gisait fracassé sur le toit, le tronc ouvert en deux morceaux unis seulement par un lien d'écorce proche de la rupture, qui révélait une profonde balafre d'où suintaient les gouttes de sève que la lune à demi cachée sous la brume rendait argentées. Victoire s'effondra sur le sol. Allongée sur le dos sous un ciel plombé et mutique, elle contempla les dégâts, l'arbre déchiqueté aux racines arrachées à la terre, le toit défoncé par les branches cassées dont les fleurs écrasées avaient viré au gris, la carcasse calcinée qui semblait dévoiler des os rongés. À l'intérieur de la cabane, ravagée par les flammes dont il subsistait sur le sol en béton quelques lucioles incandescentes, une odeur à la fois âcre et fétide força Victoire à plonger dans l'espace sans respirer. Le seul meuble à tiroirs qui existât dans la pièce, remisé tout au fond à gauche de la bibliothèque devenue un tas de sciure mêlée à des débris de livres noircis, ce meuble secret dont elle gardait la clef cachée au fond de sa poche n'était plus qu'un tas de cendres encore tièdes au milieu duquel finissait d'expirer un lambeau du cahier où elle griffonnait sa vie. Elle se remémora l'état de sidération qu'elle avait éprouvé à la découverte de ces cendres-là, du néant qui venait de recouvrir son existence. Après son enfance, c'est sa mémoire qui disparaissait, les pages consacrées à ses souvenirs, les pensées qui remplaçaient les mots qu'elle ne savait pas dire. Rapidement, par instinct de survie, s'insinua en elle l'idée que son espace secret ne se trouvait plus dans les pages écrites, qu'il existerait désormais au-dedans d'elle-même. Elle n'écrirait plus. Il lui suffirait de penser.

Quarante ans plus tard se pose à nouveau la question de l'écriture. Le livre du Père est devenu le personnage principal de sa vie, bien qu'elle en refuse l'existence. Les entretiens avaient été enregistrés pendant trois semaines d'affilée dans la maison basque, sous forme de questions-réponses. Sans enthousiasme aucun. Lorsqu'elle mettait le magnétophone en route, une brutale envie de dormir la saisissait. Depuis le Noël tragique avec Benjamin, ses relations avec le Père étaient devenues polies, dénuées d'affection, absentes. Victoire n'eut jamais le courage de soulever le voile recouvrant le non-dit. À la colère noire doublée de la résolution de ne plus jamais lui adresser la parole avaient succédé l'immense fatigue qui recouvre le désespoir, mais aussi la honte de ne pas avoir respecté sa promesse.

Après que le garage avait enfin été débarrassé du canapé maudit, et que Delphine avait récupéré les meubles dans sa maison à la campagne, le Père avait fermé la lourde porte à double tour. Il n'y gara plus aucune voiture. Et plus personne ne parla de Benjamin. Il était définitivement mort. Des années plus tard, la collection de ses tableaux d'ancêtres fut engloutie dans la cave inondée qui se trouvait sous l'appartement du Père ; quelques-uns échappèrent à la noyade. Le Père implora Victoire par téléphone, la supplia par message, puis par lettre, d'entreposer dans sa cave à elle ce qu'il restait des toiles et des vêtements. Il n'était pas question qu'elle réponde. C'était au Père de trouver une solution, quelques mètres carrés dans son vaste appartement. Cette fois, elle saurait dire non. Pour contourner l'injonction du Père, elle se mit en tête de trouver un lieu sans cave, de quitter l'appartement qu'elle habitait non loin de celui de Benjamin, au prétexte que le passé y était trop lourd, la décoration trop chargée, le loyer trop élevé. Situé au dernier étage d'un immeuble haussmannien du sud de Paris, la lumière y entrait à flots, traversait sa chambre au lever du jour, son bureau l'après-midi, dès lors que le soleil entamait sa lente descente aux nuances chaudes et dorées avant de disparaître derrière les nuages rouges qui lui rappelaient l'Algérie. Le silence alors l'éloignait des bruits du monde ; assise derrière sa table sur le fauteuil de bureau hérité de son frère, elle ouvrait son ordinateur d'un coup, comme si elle espérait prendre la page Word par surprise. Et, c'était devenu un rituel matinal, elle relisait le fatras de mots écrits la veille, ceux qui, elle en était sûre, composeraient enfin le début du livre. Puis, la nuit ayant porté conseil, elle les supprimait parce que non, c'est sûr, ils ne plairaient pas au Père. La page redevenait blanche, sa voix intérieure stérile.

Des haut-le-cœur commencèrent de l'attaquer en pleine rue si bien qu'elle courait vomir dans le caniveau. Elle soignait son dégoût à coups de gorgées d'alcool fort qui la revigoraient pour un moment bref. Il était urgent de dégager, d'échapper à ce cocon trop parfait aux ondes devenues hostiles. Pour sortir de cette rampante mélancolie, il lui fallait s'isoler, se débarrasser de tout lien avec la famille, en particulier avec le Père. Un matin de brouillard livide, elle entra sans hésiter dans une agence immobilière, mit une option sur un atelier d'artiste sans cave, qui donnait sur la vaste cour du rez-de-chaussée d'un immeuble industriel, dans un quartier populaire du nord de la capitale. Elle savait, elle sentait, elle avait l'intuition qu'elle faisait un mauvais choix, il ne s'agissait pas d'une décision, mais d'un coup de tête, une provocation qu'elle s'envoyait à elle-même, il fallait détruire le passé, les vieilleries, les habitudes, les fantômes, il fallait tout casser, partir. Ailleurs. Fuir. Ce jour-là elle n'avait pas tergiversé entre une idée confuse et une pensée indécise. Elle acquit l'endroit sans mise de fonds, avec cent pour cent de crédit. Elle venait de faire n'importe quoi et elle souriait. Elle engagea des travaux radicaux, sans fioritures, qu'elle suivit avec euphorie, sans jamais contrarier le dévoué maître d'œuvre. C'était très étrange de se sentir si bien dans son corps, sur un nuage et en même temps totalement à côté d'elle-même. Elle caressait presque l'ébauche d'un éveil à l'acuité de vivre.

La chute fut rude. Le loft magnifiquement minimaliste était composé d'une cuisine au design italien, quasi invisible, donnant sur un espace unique meublé d'un canapé à la ligne pure et au confort comparable à celui d'une planche. Contigu à l'espace salon, un cube immaculé, censé incarner la touche de poésie de l'ensemble, constituait l'espace chambre, sans autre ouverture qu'une porte coulissante face à un matelas posé sur une estrade. Victoire déserta rapidement la pièce à soi-disant vivre et se recroquevilla sur le lit dit

« poétique », le cœur tremblant et le cerveau blême. Elle se promit d'acheter les meubles qui remplaceraient ceux qu'elle avait vendus pour se débarrasser de sa vie antérieure. Les déménageurs empilèrent au sol les nombreux cartons qui enfermaient ses affaires personnelles. Elle en ouvrit un puis deux puis quelques autres remplis de livres qui narguaient son incapacité à écrire. Sa pensée resta figée, suspendue dans l'atmosphère, avant d'atterrir, brutale, inhumaine.

Elle chercha un réconfort à travers les vitres d'atelier qui donnaient sur la cour où bientôt, très bientôt, elle disposerait de magnifiques jarres provençales en terre cuite remplies de fleurs et d'herbes aromatiques. Elle chercha un rayon de soleil des yeux, mais l'immeuble qui lui faisait face était si haut que le ciel était invisible. En un temps record, elle avait accompli la prouesse de s'offrir un lieu vide, glacial et sans lumière.

Le plus urgent était d'acquérir une table ; une planche et des tréteaux trouvés dans la rue firent l'affaire, appuyés contre le bloc central de la cuisine, entre des piles de cartons qui menaçaient de s'écrouler quand les secousses du métro faisaient trembler le sol de son rez-de-chaussée. Tout à coup elle eut du mal à être sûre qu'elle existait.

On disait d'elle qu'elle était courageuse, elle ne savait pas si elle devait en tirer une fierté ou se considérer comme une pauvre fille malchanceuse. Dans le cas présent, elle devrait traverser plusieurs stades, la honte, la peur, la colère, la détresse, avant de trouver la force d'affronter l'âpreté promise par son nouveau destin. C'était peut-être cela le courage, la sagesse de supporter la cruauté des émotions. Et d'être seule, absolument seule.

Mais il fallait braver l'adversité, la sensation de danger imminent qui rôdait dans la pièce, même si ses forces peu à peu l'abandonnaient, même si une fragilité inconnue rendait ses gestes imprécis. En titubant légèrement sur ses jambes, elle souleva le Nagra qu'elle avait emprunté au journal, posa la grosse machine professionnelle qui enfermait les enregistrements sur la table et la mit en marche. La bande commença de se dérouler, accompagnée par un très léger bruit de fond glissant sur du velours, le son réconfortant de la puissance, la voix du Père s'incrusta, claire, une fluidité inattendue, l'appareil gommait les rugosités, la bande continuait de défiler, le Père racontait ses ancêtres. Victoire s'enroula dans une douce somnolence, c'était peut-être cela le calme après la tempête.

Un son strident, imitant la vibration d'une roulette de dentiste, recouvrit d'un coup les mots du Père. Victoire mit la machine en pause, revint en arrière, accéléra la bande. L'écorchure surgissait à intervalles réguliers. Elle fit défiler la bande, encore et encore. Il fallut se rendre à l'évidence, la machine avait déraillé, généré un bug, les interruptions tronquaient les phrases, c'était un désastre. Victoire était coupable d'une négligence impardonnable.

Elle disparut alors pour de bon. Pendant des mois, confinée dans son loft sans lumière comme au fond d'un trou à rat. À la visite médicale obligatoire, on la mit en arrêt de travail. Le Père la bombarda de coups de téléphone qui restaient sans réponse, elle ne vida jamais les cartons du déménagement. Elle vécut coupée du monde. Allongée sur le sol, les stores tirés du matin au soir. À portée de main, la bouteille de whisky qu'elle buvait directement au goulot, plus quelques joints roulés à la va-vite, lui permettaient parfois, rarement, de s'écrouler comme une masse. À quelques mètres, accessibles seulement si elle rampait jusqu'à eux, l'ordinateur et le magnétophone attendaient d'être appelés à contribution.

L'alcool l'assommait pour deux ou trois heures, puis l'enfer recommençait. Elle dormait par effraction, lorsque les yeux se fermaient devant la télévision qu'elle regardait comme une somnambule. Le plus souvent, elle se traînait jusqu'à son lit, sombrait dans un sommeil proche du coma, se réveillait en sueur, un goût de cendre dans la bouche.

En fin de journée, parfois en pleine nuit, elle faisait des tentatives : allumer le magnétophone d'un coup sec, prier pour que le bug ait disparu, mais non il s'était installé pour la vie. Elle commanda une version papier des enregistrements à une agence de traitement de textes, où elle se rendit avec des lunettes noires en rasant les murs. La secrétaire lui rendit une transcription du texte tel quel, ignorant allègrement les mots troués, bien que Victoire lui eût recommandé de les remplacer par des blancs. La plupart des phrases n'avaient aucun sens.

Elle ne répondait plus au téléphone, le Père prenait de ses nouvelles par message vocal, elle savait bien que c'était d'autres nouvelles qu'il attendait. D'une voix d'outre-tombe, il disait au répondeur, Le temps qui passe ne joue pas en ma faveur, je disparaîtrai comme un passager resté dans l'ombre, sur le bord de la route, un personnage sans importance, ma vie n'aura été qu'un inachèvement. Le spectre du Père hantait un livre inexistant, tandis qu'un voile opaque recouvrait la conscience de sa fille.

Le coma de Mama

C'est le moment que choisit Mama pour être frappée d'un AVC qui la plongea dans le coma. Cet événement sauva la vie de Victoire. Elle s'arracha de sa grotte sans lumière. Dans le taxi qui la menait à l'hôpital, une sensation de vide glacial se répandit à l'intérieur d'elle-même, sa mère lui manquait déjà.

Après la disparition de Benjamin, Mama avait renoncé aux mondanités pour s'adonner au recueillement et à la lenteur. Elle s'aventura pour une retraite en pleine campagne dans une maison située au bord de la Seine, après en avoir racheté l'hypothèque à la bougie, à un moindre prix, l'escroc qui la possédait ayant fui vers les îles Vierges.

L'acquisition de cette cachette tapie sous les branches d'un marronnier majestueux, non loin d'une rangée de saules pleureurs dont les rameaux bruissaient au long du fleuve, allégerait peut-être le chagrin qui ne la quittait plus. L'énergie qu'elle déploya fut à la mesure du talent qu'elle possédait pour inventer la beauté. Avec peu de moyens et beaucoup d'ingéniosité, elle transforma le lieu banal et sans charme en une tanière élégante dont les couleurs, pensait-elle, laisseraient entrer la gaieté. L'illusion fut de courte durée, la tristesse s'incrusta, elle n'échappait plus à la mélancolie d'être en vie.

Lors d'une réception chez les seuls voisins qu'elle fréquentât de temps à autre, elle rencontra, un soir où elle se sentait particulièrement orpheline, un Chilien affable, à l'humour corrosif qui provoquait chez les autres des rires à gorge déployée, selon sa propre expression ; il était friand de clichés. Il prétendait être un ancien ambassadeur, elle le prit surtout pour un bonimenteur, mais sous le feu des éloges et compliments qu'il lui adressa, elle remisa ses doutes et son ennui dans les replis de sa trop grande solitude. Elle l'accueillit dans sa jolie maison pour un verre, le laissa s'imposer sans sourire, l'installa à l'étage supérieur, ferma l'accès à sa propre chambre. Devenu un compagnon d'infortune, sans fortune et sans domicile fixe, elle espérait qu'il la divertisse. Enveloppé dans une robe de chambre en soie bleu lagon sur fond d'oiseaux couleur parme, atteint d'une étrange logorrhée verbale, la voix de fausset alternant entre le grave et l'aigu, il passait le plus clair de ses journées à déambuler tout en parlant au téléphone. Malheureusement il fumait le cigare, elle l'approchait peu. La maison construite à l'économie étant dépourvue d'une isolation correcte, le bruit disgracieux des craquements du parquet piétiné au-dessus de sa tête importuna Mama dans un premier temps. L'agitation sonore devint finalement une source de distraction ; elle se prit même à chantonner à diverses reprises au rythme des pas du nouveau locataire. Le temps passant, ils prirent l'habitude de se retrouver en fin de journée pour boire un whisky sous la verrière en plastique que Mama avait dissimulée sous des ficus elastica, des plantes à croissance rapide. Pendant cette heure de réjouissances, il avait accepté de renoncer au cigare ; elle imaginait alors être en compagnie d'un admirateur, dénué de classe soit, mais un admirateur tout de même. Pétri d'idées plus ou moins farfelues, il était un remarquable conteur qui savait capter l'attention d'un auditoire. Il se vanta d'un certain nombre d'affaires menées rondement qui lui avaient permis d'investir dans des projets lucratifs. Au cours de la conversation il évoqua, un jour de beau temps, le camping cinq étoiles qui était à vendre en Corse en raison de l'arrestation du propriétaire qui se livrait à un trafic de médicaments périmés. La vente du bien n'étant pas encore officielle, c'était une occasion à saisir, le notaire chargé du litige la recevrait avec plaisir. Les bilans faisant foi de bénéfices conséquents, elle ne courait aucun risque et pourrait ainsi assurer ses vieux jours. Un camping de luxe au bord d'une mer turquoise, quoi de plus original pour créer un paradis, elle qui avait tant de goût ? Mama hésita un moment, partagée entre la méfiance et la tentation, mais ne sut résister à l'emprise du captivant bellâtre, de la même manière qu'elle avait autrefois été ensorcelée par le Père qui l'avait ainsi projetée dans la fin de sa jeunesse. L'expérience n'étant aucunement bonne conseillère, elle tomba dans le panneau après qu'il lui avait affirmé qu'il s'occupait de tout. Grâce à un système d'actions, transactions et transferts d'argent à l'étranger aussi emmêlé qu'un labyrinthe de toiles d'araignées, il réussit à empocher les économies que sa belle hôtesse tenait de l'héritage de son père. Puis détala sans demander son reste. Le camping n'existait qu'en photos. Le Chilien joli cœur n'en était pas à son coup d'essai. Recherché par la police pour des exactions passées, il fut rattrapé à l'aéroport alors qu'il s'apprêtait à s'envoler pour l'Amérique du Sud.

Elle eut beau lui rendre visite au parloir de la

prison de la Santé pour négocier un remboursement en échange de la promesse qu'elle ne témoignerait pas contre lui, victime d'une attaque cardiaque dans sa cellule du quartier VIP, il ne dura pas jusqu'au procès, et elle ne récupéra pas sa mise de fonds. Il fallut vendre la maison, trouver un logement en ville. Mama n'avait plus vingt ans. Fatiguée de vivre, pauvre chose sans importance, elle ne quittait plus ses lunettes noires, ne teignait plus ses cheveux gris.

Ce jour, placée en soins intensifs à l'hôpital de la Pitié-Salpêtrière, silhouette toute menue dans son lit articulé, flottant dans la chemise en nylon vert amande dont sont accoutrés les patients, reliée à un respirateur, Mama avait été plongée dans un coma artificiel, sur décision du cousin de Victoire, le grand professeur du cerveau aux mains d'or, qui avait fait transférer son ex-tante dans son service de neurochirurgie. Elle se réveillerait, promit l'interne de service. Dans quel état ? demanda Victoire. Le médecin vous expliquera, promit l'interne. Tout ira bien, promit l'infirmière venue prendre sa tension. Assise dans un fauteuil orthopédique à proximité du lit, les yeux rivés sur le visage diaphane et émacié dont la beauté avait enchanté son enfance, Victoire se pencha, prit la main de sa mère qui serra la sienne, un réflexe inconscient, précisa l'infirmière. La main redevint inerte. Victoire se sentit seule au monde. Gauche, inutile, elle espéra l'arrivée du cousin.

L'hémorragie interne avait attaqué l'hémisphère gauche du cerveau, siège du raisonnement et du langage, tandis qu'une légère fuite s'orientait en douceur vers le côté droit qui gère les émotions et le sens artistique. Autant dire que Mama, dépourvue de sens logique mais guidée par ses intuitions et son hypersensibilité, ne prenait pas le chemin d'un heureux rétablissement. Victoire s'agenouilla sur le côté du lit, prit la main de Mama qui la serra à nouveau, ferma les yeux et tenta de prier pour qu'elle ne se réveillât pas. N'ayant jamais pratiqué la prière, elle se concentra fortement, une brume se dissipa dans son cerveau, un esprit sûrement reliait leurs inconscients. Gaudeamus, le cousin qu'elle appelait ainsi parce que sous sa blouse qui laissait pointer un ventre rond et son calot qui masquait ses longs cheveux filasse il avait l'air d'un savant loufoque, Gaudeamus donc était présent lorsque Mama ouvrit un œil, puis l'autre. Une lueur de terreur dans les yeux, elle tenta d'arracher le tuyau qui reliait sa bouche au respirateur, mais ses doigts restèrent pliés sur sa main droite immobile et elle retomba dans ses limbes. La paralysie à droite vient du cerveau gauche, proféra le cousin, son aphasie s'arrangera peut-être. Dans trois jours, on en saura plus sur le pronostic vital, mais l'hémorragie laissera des séquelles. Neveu du Père, fils du frère de celui-ci, s'exprimant d'une voix monocorde, non dénuée d'une pointe d'ironie, il ne dérogeait pas à l'absence de compassion familiale.

Des sentiments contradictoires assaillaient Victoire : entre la vie et la mort, que souhaiter pour Mama ? Elle caressa ses cheveux, effleura du doigt le front, le nez, la finesse de l'ovale, comme si en dessinant les contours de ces traits en train de disparaître, elle lui transmettait un dernier message d'amour.

Gaudeamus attendait sa cousine dans un cagibi sombre situé au dernier étage du pavillon de rééducation pour rescapés d'AVC, au bout d'un couloir se terminant par des combles. Debout en blouse blanche, la tête atteignant le plafond en soupente, le cheveu en bataille, un quignon de pain sec dans une main, une canette d'eau gazeuse dans l'autre, on l'aurait pris pour un accidenté du cerveau atterri dans un cabinet de curiosités dédié aux crânes. Des cervelles figées dans du formol, des squelettes de faciès posés sur une table noyée sous des livres de médecine et des feuilles scientifiques volantes, côtoyaient des images punaisées aux murs, exhibant des encéphales striés de rigoles de sang et autres malformations. À l'extrémité droite de la mansarde, sous un velux au travers duquel s'inscrivait le dôme de la chapelle de la Salpêtrière datant du XVIIe siècle, un cerveau coupé en deux dans le sens de la hauteur était enfermé sous un globe en verre ancien posé sur une sellette bancale. Victoire tressaillit lorsque Gaudeamus s'approcha d'elle.

– C'est l'absurdité de mon métier, dit-il de sa voix teintée d'ironie, pendant toute une vie on recherche les causes d'une dégénérescence, on dissèque, on triture, on malaxe, on n'arrive à rien, le cerveau est plus fort que la médecine. Si on l'ouvre après le décès d'un patient, le mystère demeure entier, il ne reste plus qu'à l'exposer comme une sculpture.

– Autrement dit, tu ne pourras rien faire pour Mama ?

– Pas exactement. Je peux faire en sorte que l'hémorragie ne s'aggrave pas, que le sang s'achemine par des canaux différents de ceux qui ont été endommagés. Je peux tenter de soulager la pression. Mais la science a ses limites. C'est le cerveau qui décidera.

– C'est la raison pour laquelle tu ne te sens pas concerné par sa souffrance ?

Il baissa les yeux, mi-pensif, mi-goguenard.

– Dans un hôpital il y a ceux qui sont couchés et ceux qui sont debout, dit-il en agitant l'index. Prendre de la hauteur c'est se mettre à distance de la mort. Si je m'apitoie sur le sort d'un patient, je m'éloigne de la médecine et je le mets en danger. Avec le temps ça devient un réflexe. Ceux qui ne sont pas médecins prétendent qu'on est inhumains, je m'en fous. Sortons de ce trou à rats, ajouta-t-il inopinément, on ne va pas se laisser abattre. Je t'emmène dîner dans un lieu sacré. Va rendre visite à ta mère, je me change et je te retrouve en bas devant la machine à café.

Elle eut le temps de le voir extraire un ballot de vêtements d'un placard à balais.

C'était la fin de l'hiver, le jour tombait, quelques lueurs trouaient la pénombre sur la ville endormie, la vitre froide réveillait la chambre surchauffée, Mama ronflotait doucement au rythme de l'oxygène qui soufflait ; comme si les rôles s'inversaient, Victoire posa sur sa mère le regard d'une mère sur son enfant malade.

Vêtu d'un costume noir assorti d'un nœud papillon, qui se défroissait vaguement sur son ventre rebondi, les cheveux retenus en catogan, Gaudeamus, un lorgnon aux montures rouges pincé sur le nez, était plongé dans un paquet de feuilles chiffonnées. Campé fermement sur ses pieds dans le hall livide dont les néons clignotants menaçaient de s'éteindre, la silhouette aussi large que haute, il s'imposait dans la platitude glacialement anonyme du lieu, dont la solitude était juste troublée, à quelques mètres de lui, par un clochard enroulé dans son sac de couchage, un gobelet en carton rempli de vin rouge posé à côté de lui. Couché, oui, quand le professeur se tenait debout.

Gaudeamus fit monter sa cousine dans une voiture noire d'un luxe inattendu, vitres fumées, intérieur tout cuir, moteur silencieux, puissante accélération. Le décalage était saisissant. Il raconta. Après une opération de huit heures qui le transportait dans un autre monde, il s'enfermait dans son cagibi spartiate, dont la précarité l'aidait à atterrir sur la terre ferme. C'est là qu'il préparait les congrès qu'il présidait et animait une fois par mois, en province ou à l'étranger. Son autre adresse, sa chambre d'apparat précisa-t-il, c'était le bolide tout confort qui l'embarquait pour des tours de périphérique, en boucle, d'est en ouest, du nord au sud. Conduisant au déclin du jour, sans bruit et sans but, il glissait furtivement dans la nuit noire, renouait avec le monde crépusculaire de la grande faucheuse, avec qui il négociait un sursis pour l'opéré du lendemain. Sur le chemin du retour vers l'hôpital, il dictait alors au volant les textes que la fidèle dactylo poserait sur son bureau, puis s'allongerait pour quelques heures sur le lit de camp du réduit mansardé.

– Moi aussi j'ai le toc du volant, dit Victoire en riant. Ça me rassure qu'on ait une manie commune.

– J'ai un faible pour le périphérique extérieur, dit Gaudeamus, avec un petit détour par Aubervilliers à cause du fort, puis Clichy, triste Clichy, j'évite Neuilly qui me flanque le cafard, puis j'attaque les intérieurs. Et je recommence. Ton circuit à toi, c'est quoi ?

– Moi c'est n'importe quoi pourvu que j'échappe à la famille, répondit Victoire sans réfléchir.

Il la regarda en biais.

Arrivés à la destination choisie par Gaudeamus, le voiturier s'empara de la berline rutilante, Victoire s'exclama qu'elle n'était pas habillée pour la circonstance, le cousin lui dit qu'elle était née belle, pas comme lui, franchit la porte en bois dissimulée dans la façade, échangea une poignée de main avec le maître d'hôtel qui n'en finissait pas de saluer le Professeur par-ci, le Professeur par-là. Gaudeamus reconnu, apprécié, presque joyeux, rayonnait dans une deuxième vie que nul n'aurait soupçonnée.

– Je te souhaite la bienvenue dans ma parenthèse épicurienne, dit-il en même temps que, assis face à elle devant la table dressée pour un festin, il protégea son ventre d'une grande serviette blanche. Je suis un gourmand aussi maladroit qu'un chirurgien hors pair. Il aura fallu que ta mère tombe malade pour qu'on trouve le temps de se voir, ajouta-t-il. Ce sont les surprises de la vie.

Victoire resta silencieuse. Le sommelier versa religieusement le grand cru millésimé dans une carafe évasée. Lorsque ses lèvres rencontrèrent le breuvage, le cousin ferma les yeux, s'émerveilla sur la robe et la cuisse, prétendit qu'aucune femme n'arrivait à la cheville de ces élixirs.

– Que dure la santé du monde du plaisir, dit-il gaiement à sa cousine en levant son verre.

Victoire, qui d'ordinaire ne recherchait que l'ivresse dans l'alcool, se laissa cette fois gagner par le velouté du tanin et le délicieux flottement qui en suivit. Cette soirée initia le début d'une amitié inattendue. Après les visites éprouvantes à Mama qui se rétablissait lentement, les cousins se sauvaient régulièrement vers leurs apartés gastronomiques. Victoire s'autorisait à rire aux larmes aux plaisanteries vaseuses de Gaudeamus parfois resté au stade de carabin.

– L'humour est la meilleure cure de jouvence, déclara-t-il un soir qu'elle avait les yeux perdus dans le vague. Je commence à te connaître, tu passes du rire aux larmes sans crier gare, en esquivant l'étape « légèreté », comme si l'insouciance était un péché. La dérision, cousine, la dérision, se moquer de soi-même.

– J'ai l'impression d'abandonner ma mère, dit Victoire après quelques secondes. Elle ne parle toujours pas. Et je ne sais pas comment la consoler. Je comptais sur Delphine pour m'accompagner, mais elle a trois enfants et n'habite pas Paris. De temps en temps la vie tragique de Mama me bouleverse.

– Tragique, tragique, pas seulement, Gaudeamus fit la moue. Elle a été sublimement belle, comme ton père d'ailleurs, elle a ri, aimé, pleuré, et oui la vie est une escroquerie. Je me souviens de ton père se désolant d'avoir tiré un mauvais numéro en parlant de Benjamin. Un cynique antidote au désespoir. Mon père, ton oncle, rêvait que son fils devienne un médecin connu. Il a été exaucé, alors qu'il n'a jamais rien fait pour personne. Ça ne l'a pas empêché de passer son temps sous électrochocs, d'être planté là comme un légume qu'on arrose. Mais il savait se moquer de lui-même, ses calembours me faisaient rire. Notre famille est compliquée. À nous d'inventer nos vies. Si on prend leurs crises au sérieux, on s'aventure chez les fous et ça ne sert à rien, je te l'ai dit on ne peut pas lutter contre les décisions du cerveau.

Victoire l'interrompit :

– Ça fait quoi d'être un père défaillant ?

– Drôle de question, marmonna-t-il. Mon fils a une mère, je subviens à leurs besoins, je suis très occupé, j'ai toujours été clair, choisi d'être un homme qui sauve des vies plutôt qu'un papa à plein temps. Le mien, de temps, est précieux, millimétré. Je suis peu présent, mais je ne vois pas ce que tu entends par défaillant.

– J'ai du mal à comprendre comment on peut être à la fois un homme remarquable et un père déficient.

– Écoute, Victoirc. Si tu pcnscs à ton proprc pèrc, il n'a jamais su résister aux femmes, il a fait des ravages, conçu beaucoup trop d'enfants. Mais au moins il a fait quelque chose de son existence, œuvré pour une cause noble. Ce n'est pas un petit-bourgeois bien propre et bien lisse. Comment expliques-tu que tout le monde l'aime ? Tu peux être fière de lui. Défaillant, déficient, ça veut dire quoi ? Arrête de tergiverser, de dramatiser, tiens-toi debout, la vie de ton père n'est pas la tienne. Il a fait comme il a pu. Pardonne. Passe à autre chose.

– Il m'a demandé d'écrire un livre sur lui et ça me torture.

Le cousin fronça les sourcils.

– Un livre ?

– Oui, un livre sur l'Algérie, son Algérie, sa guerre.

– Et alors ? C'est un peu ton métier, non ?

– Je suis journaliste, pas historienne.

– Écris un opuscule avec questions-réponses, comme moi avec mes congrès. Ce n'est pas très compliqué. Le but c'est de dire l'essentiel, laisser un témoignage, pas besoin de faire du style.

Elle le regarda sans comprendre.

– Il ne se contentera jamais d'un petit ouvrage. Ce n'est pas à la hauteur de ce qu'il attend.

– Eh bien, demande-lui de revoir ses ambitions, d'accepter quelque chose de plus succinct.

– J'ai juste peur que ça ne lui plaise pas. Il attend beaucoup de moi. Il m'impressionne, je n'arrive jamais à lui dire non.

– Ma jolie cousine, dans la vie il faut savoir ce qu'on veut ! Et surtout connaître ses limites.

Victoire commença une phrase :

– Et puis…

– Et puis ?

– Je n'arrive pas à oublier le comportement abject qu'il a eu avec Benjamin, une semaine avant sa mort.

– C'est-à-dire ?

Elle raconta. La soirée de Noël. La provocation. La bouteille de vodka. Les cachets blancs.

– Ah ! je saisis mieux le concept du mauvais père. Présenté ainsi, bien sûr ce n'est pas brillant. Sans vouloir le défendre, je dirais cependant que ton père a tout essayé au sujet de Benjamin, il est même venu me voir à l'hôpital, à bout de forces, à bout de nerfs. Le jour que tu évoques, il a sans doute craqué. Au lieu d'avoir recours à l'hospitalisation sous contrainte, ce qu'il a toujours refusé, il a tenté la dernière chance, la confrontation.

– La scène continue de m'obséder. Je m'étais promis de ne plus le revoir. Et puis j'ai été lâche, des années plus tard sa maladie m'a attendrie, j'ai pris des nouvelles de sa santé. Mais aujourd'hui, même si l'idée d'écrire un livre à sa gloire ne fait pas du tout partie de mes priorités, je continue à avoir peur de lui déplaire. Ces derniers temps, j'ai vécu cloîtrée chez moi, paralysée à l'idée d'aller au bureau, de bosser, de faire quoi que ce soit. À toi, je peux dire que j'étais en enfer, incapable de parler à quiconque, d'écrire une ligne, juste occupée à être en enfer, dit-elle en baissant la voix.

– Je ne comprends pas cette relation de soumission que tu entretiens avec ton père. Tu as une personnalité en béton, tu as fait des reportages dans des pays en guerre, dans des prisons américaines, dans des hôpitaux psychiatriques, tu as photographié tous les drogués du rock and roll, tu n'en parles jamais comme si cela n'existait pas, c'est ce livre-là que tu devrais écrire, ta vie à toi plutôt que celle de ton père. Mais non, tu te conduis comme une môme apeurée face à son papa. Dis-lui la vérité. Point. Fais-toi violence, photographie des cimetières pour chiens, des frigos cryogéniques, n'importe quoi qui t'éloigne de la rumination. Tu risques quoi ? Qu'il soit mécontent ? Et alors ? Ce n'est pas ton problème. Décide d'être enfin toi-même.

Mama mit du temps à mourir. C'est surtout à l'intérieur que l'AVC l'avait déglinguée. Ses dernières semaines furent peuplées d'hallucinations qui la terrifiaient. Tout l'effrayait. L'infirmier de nuit qui voulait l'assassiner. Sa voisine de chambre qui la dévisageait puis partait d'un éclat de rire diabolique. L'interne qui lui enfonçait le doigt dans l'œil. En même temps qu'elle récupérait des fragments de mots grâce à un orthophoniste, elle perdait la tête. Et elle ne pouvait pas rester seule. Quand Victoire venait la voir, chaque jour, dans le service de rééducation où elle réapprenait à bouger, elle se levait péniblement du lit ou du fauteuil et venait se frotter contre sa fille, comme un animal abandonné. Son lit voisinait avec celui d'une femme jeune qui avait la bouche en biais et le bras paralysé. En guise de mots, elles échangeaient leurs solitudes contre des borborygmes, soudées dans une complice étrangeté, et se souriaient l'une l'autre de leurs lèvres tordues. Pour ne surtout pas retrouver le loft minimaliste, Victoire avait loué dans un hôtel minable situé en face de l'hôpital une chambre aux murs sales et délavés aussi austère qu'une cellule de moine dans laquelle elle ne se rendait que pour dormir. Un lieu anonyme, où elle n'était personne et où la disparition prochaine de sa mère lui paraissait plus facile à supporter que son propre anéantissement.

Un matin au lever du jour, Gaudeamus la reçut dans son cagibi, un nouvel AVC avait attaqué Mama, elle ne s'en relèverait pas, Victoire pouvait décider de la maintenir en vie avec un respirateur, il ne le conseillait pas. Le souffle coupé, Victoire marqua un temps d'arrêt. Le visage de madone de sa mère auréolé de la lumière de ses cheveux blonds lui apparut pour la dernière fois. Tant de beauté s'était transformée en un douloureux masque de souffrance qui ne l'avait plus réellement quittée depuis la disparition de son fils. Il était temps qu'elle parte.

Étendue sur son lit, apparemment sans connaissance, la main serrant celle de sa fille, qui se demande encore aujourd'hui s'il s'agissait bien d'un réflexe inconscient, Mama, agitée, remuait les jambes, tournait la tête de droite et de gauche comme si elle n'était pas encore décidée à quitter la terre. Delphine déboula brutalement dans la chambre. Elle n'avait pas pu arriver avant, la campagne, les enfants… Elle jeta un regard féroce à sa sœur. On ne va pas la prolonger quand même, dit-elle. On t'attendait, dit Victoire. Sans le respirateur, dans la moiteur de la chambre d'hôpital devenue silencieuse, le souffle de Mama évolua vers de brèves inspirations suivies de brèves expirations, le rythme cardiaque ralentit. Les signes *ante mortem* peuvent durer encore un moment, précisa Gaudeamus. Mama tombée dans le coma, son visage s'apaisa par petites touches, un halo limpide la rendait presque vivante, moins absente à elle-même. Delphine, debout, le corps raide, au bord de la cassure, la mâchoire serrée par l'épouvante, finit par s'asseoir au bord du lit, tourner la tête et regarder sa mère. Les cloches de la chapelle comptaient le temps, sonnaient tous les quarts d'heure, la pluie qui frappait les hautes vitres balayait les petits bruits du silence, le froissement frêle des ailes d'une mouche chuchotait contre la paroi de verre. Puis les chiffres lumineux du moniteur de surveillance des paramètres vitaux décrurent les uns après les autres jusqu'à atteindre le nombre zéro. Zéro. Toute une vie pour en arriver là. Le personnel entré sans attendre pour procéder à la toilette de la morte chassa les filles de la chambre.

Mama fut enterrée au cimetière du Père-Lachaise, au côté de son fils dans le caveau familial. La cérémonie fut brève, digne et silencieuse, sans service religieux, selon sa volonté. Victoire, qui luttait contre le chagrin, le tremblement de la bouche et l'eau qui affleurait au bord des paupières, reçut comme un coup de couteau le nouveau « pas de larmes » prononcé par le Père et s'effondra en sanglots.

Règlement de comptes

La rugosité de la couverture de la chambre d'hôtel réveille la douceur du dessus-de-lit en soie que Victoire, enfant, froissait entre ses doigts et qui sentait sa mère, le parfum de framboise mêlée de tubéreuse. Les humeurs en dents de scie de Mama caressent son demi-sommeil, puis s'invite l'habituelle sensation d'inexistence. Après la tempête soufflait le vent contraire. Dans les bras de Mama qui chantonnait des mots tendres, elle devenait une petite fille qui n'avait pas envie de grandir. L'éblouissant visage de Mama continue de la hanter comme si sa beauté avait tenu lieu d'amour maternel. Mais Victoire se méfie de la nostalgie qui la rend triste et la retient d'aller de l'avant.

Le séjour à Alger a fluidifié sa pensée toujours saccadée. Peu à peu s'est insinué le désir de marcher sur une glaise solide jusqu'à lui donner une forme définitive, un exemplaire d'artiste, rien de parfait, mais une esquisse prometteuse qui l'éloigne d'un passé évoquant une bouée de sauvetage.

Quelque temps avant la mort du Père, elle s'était débarrassée du loft, qualifié de bien insolite par l'agence immobilière du coin de la rue. Lors d'un passage rapide à la mairie de l'arrondissement pour une demande de modification au permis de construire, elle avait posé quelques questions à l'employé très aimable qui avait connu le lieu avant, alors qu'il abritait les bureaux d'une compagnie d'assurances mise en faillite après une fraude. Elle avait ainsi appris que le patron de l'entreprise s'était, par désespoir, pendu à l'aide d'une corde de gymnastique nouée à un crochet de boucher vissé dans la poutre maîtresse, qui surplombait ce qui deviendrait la cuisine de Victoire. Il avait fallu attendre des mois avant de trouver un héritier au pendu, un cousin éloigné et travesti qui avait changé de nom en changeant de genre. Les bureaux tragiques furent enfin à vendre, et Victoire en avait fait l'acquisition malgré la petite voix qui la mettait en garde. Après qu'elle avait quitté ce lieu qui abrita sa descente aux enfers, un couple très sympathique d'Américains originaires du Nevada, à la recherche d'un pied-à-terre parisien, fut enthousiasmé par l'originalité du loft et en devint propriétaire.

Victoire leur serra la main en leur souhaitant bonne chance, et s'enfuit à grandes enjambées. Elle trouva refuge chez une vieille amie de Mama qui proposait à la location une grande pièce carrée dont la hauteur sous plafond atteignait les quatre mètres. Elle se situait au dernier étage, tout au bout du couloir de son appartement de style Directoire. Le ciel et la vue sur les toits entraient par les fenêtres, et une porte donnait sur l'escalier de service. Un lieu provisoire qu'elle pourrait quitter d'un jour à l'autre, sa manière à elle d'exister enfin sans domicile fixe.

À Alger, dans la chambre au décor mauresque du Saint-George, l'urne posée de biais sur un coussin brodé d'arabesques dorées, se laisse glisser au sol, comme si, fatiguée d'attendre, elle perdait l'équilibre.

Que faire des cendres qui ne reposent toujours pas dans leur dernière demeure, après les mille trois cents kilomètres du trajet en avion, sans compter les secousses et les turbulences ? Auraient-elles le courage de supporter une deuxième traversée ? Quel alibi s'inventer à elle-même pour quitter l'Algérie sans avoir déposé l'urne dans le caveau familial ? À l'idée de retrouver l'odeur fétide du cimetière, la poussière irritante qui s'échappe des tombes, le vol morbide des oiseaux de proie qui tournoient au-dessus des ossements, une violente nausée se saisit de Victoire. « Je ne suis pas prête à t'abandonner, le Père. Je te rendrai hommage à ma façon », dit-elle à mi-voix en caressant le matériau en fausse céramique.

Dans la moiteur silencieuse retentit le son de grelot du téléphone.

Patrice crie, il ne sait pas parler sans crier. De l'ulcération dans la voix, une respiration haletante, une petite toux rauque, la violence est perceptible. Victoire se garde de l'interrompre.

– À la sonnerie, j'entends que tu es ailleurs. Tu n'as quand même pas le culot d'être toujours à Alger ?

Victoire reste muette, lève les yeux au ciel, hésite à raccrocher, décide de supporter l'ouragan.

– Je te rappelle qu'il y a urgence. Une urgence absolue qui s'appelle « succession ». Le notaire est rentré de vacances, les gens sont tout le temps en vacances, c'est comme ça aujourd'hui. Si tu daignes abréger les tiennes, je te rappelle aussi que tu es absente depuis plus de deux semaines, et que nous t'attendons tous, je dis bien tous, pour enclencher les choses sérieuses.

Le volume sonore de la petite toux augmente. Victoire a pitié de ce frère si fragile qui ne sait jamais trouver le bon tempo pour se faire entendre.

– Vous pouvez tout à fait vous passer de moi, dit Victoire.

– Je te rappelle que tu es exécutrice testamentaire.

– Faux, j'ai refusé, le notaire est au courant.

– Tu as refusé pourquoi ? Il faut bien qu'il y ait un responsable.

– On est tous majeurs, égaux devant la loi que le notaire est chargé de faire respecter. De toute façon, nous ne sommes pas pressées, Delphine et moi. Tu connais les volontés paternelles. Il vous a avantagés de son vivant, Thérèse et toi. Pour compenser ses économies données à Mama au moment de leur divorce il y a plus de cinquante ans. Que Mama ait dû dégager d'Alger avec trois enfants à élever, c'était juste un accident de parcours.

Silence au bout du fil. Victoire retient sa respiration.

– Il faut croire qu'il y a deux catégories d'héritiers, les vrais enfants et les bâtards, ajoute-t-elle sur un ton feignant la plaisanterie.

– Venons-en au fait. Tu comptes rentrer quand ? Il se trouve que Delphine n'est pas tout à fait d'accord avec les dispositions testamentaires, susurre Patrice.

– Quelle bonne nouvelle ! dit Victoire.

– Oui, enfin… Elle qui ne réagit jamais à rien

s'estime tout à coup lésée, c'est un comble. Et tu sais à quel point elle peut être butée. On compte sur toi pour la raisonner.

– Tu as la mémoire courte, semble-t-il. Comme vous saviez parfaitement tous les deux, Thérèse et toi, que le partage inéquitable risquerait de bloquer la succession, vous avez prétendu combler les différences le moment venu, c'est-à-dire maintenant. À vous donc de faire des propositions. Je vais appeler Delphine, pour lui conseiller de tenir bon. Et, mon cher frère, on n'est pas à une semaine près, j'ai des choses à faire, je n'ai pas prévu de date de retour.

Le faux sac Chanel avachi sur le lit, dépourvu de son contenu, fait peine à voir, les coutures menacent de lâcher, le matelassage se dégrade, on dirait un vieux chien sans avenir, un bâtard en fin de vie. Victoire retient un hoquet qui voudrait être un rire.

– Tu vois, dit-elle en s'adressant aux cendres, je règle les comptes que tu n'as pas réglés.

Tout au long de sa vie, le Père avait multiplié, dans ses cahiers, opérations, additions et soustractions afin d'assurer, prétendait-il, l'égalité absolue entre ses enfants. S'il prêtait à l'un, la somme était inscrite avec soin dans la colonne qui lui correspondait, et déduite de sa part d'héritage. Une couleur différente était attribuée à chacun. Victoire n'a aucune intention aujourd'hui de faire traîner les choses, de finasser à propos des sommes à répartir, mais elle fait comme si, pour sous-entendre qu'elle n'est pas dupe.

Assise sur le tapis, face à l'urne qui ne s'est pas encore relevée de sa chute, elle la regarde avec attention, plisse les yeux et s'adresse à elle.

– La place que tu nous as accordée, à nous les enfants du premier lit, était une seconde zone, prononce-t-elle d'une voix claire. Mais au fond, est-ce un devoir d'aimer tous ses enfants de manière égale ? Les différences de traitement ne sont-elles pas le symptôme des relations qui se sont manquées, du ratage des sentiments ? On prétendait que moi, l'aînée, j'étais la préférée. C'était peut-être vrai, jusqu'à ce que je te tienne tête et refuse d'écrire ton livre. Tu m'as punie, c'était ton droit. Tu dis que c'est faux ? Je pense que tu ne t'en es même pas rendu compte. Tu as épousé ton rôle de patriarche, de celui qui décide, qui a le pouvoir. Celui à qui on ne refuse rien. Il aura fallu que j'attende que tu sois mort pour crever la baudruche qui scellait ma soumission. Je ne t'en veux pas. Tu n'as sans doute pas pu faire autrement.

Pendant sa dernière nuit à l'hôtel Saint-George, elle écoute sur son minimagnétophone une partie des entretiens, se concentre en profondeur sur le sujet qui l'attend et les mots qu'elle devra réparer, ce qui est finalement la seule manière qu'elle connaît de penser. Pour la première fois elle se sent prête à devenir elle-même. Et son ordinateur commence à lui manquer.

Un autre monde

Après qu'elle a quitté l'hôtel avec sa valise à roulettes et le sac Chanel qui penchait du côté droit sous le poids de l'urne, sans vraiment savoir vers où se diriger, Victoire s'est sentie ébranlée par une sensation de plénitude, une émotion qu'elle ne connaissait pas. Une humidité exubérante recouvrait la végétation. Une inquiétante étrangeté planait sur la ville. Il y a des moments où on ne sait pas quoi faire de soi-même. Alors qu'elle était posée sur les rails du tramway, dont le klaxon l'a brutalement ramenée au réel, le conducteur lui a fait signe de monter. C'était la ligne ouest Alger-Sidi-Ferruch. Le nom l'a projetée en terrain familier. Elle s'est posée, encore, sur un siège avec ses bagages et laissé porter pendant les vingt kilomètres qui mènent jusqu'au bout de la presqu'île, le dernier arrêt. Les constructions cessant brusquement d'exister, la vue était sidérante. Un long mur blanc dressé contre un terrain en friche aux arches délabrées marquait la frontière entre la vie et le vide. Au-delà du mur coupé au couteau, un no man's land s'étendait jusqu'au bord de la calanque qui longe la mer, et dont les contours flous flottant dans l'incertitude de la brume évoquaient une toile impressionniste. Victoire était seule au monde, plantée sur le sol mouvant d'une zone déserte dénuée de toute âme qui vive. Sorti de nulle part est apparu un vieil homme juché sur un tas de pierres. Vêtu d'un blouson qui avait dû être orange, éclairé par une chevelure blanche, un mégot éteint entre les lèvres, il lui a dit, Tu cherches quoi ? Et elle a répondu, Une cabane où je pourrais prendre des vacances. Il lui a proposé de la conduire en voiture jusqu'à la ville, a marqué un stop devant une maison mauresque proche de la plage au sable noir. Le cœur battant violemment, elle a reconnu les colonnes ouvertes sur la rangée de palmiers devenus desséchés, s'est dirigée directement vers l'arrière de ce qu'il restait de la villa ; a surgi d'entre les morts le cabanon de la tante Anna camouflé par les couronnes jaunes des deux mimosas, mirage d'un passé auquel elle a cru échapper. Le vieil homme s'était approprié le lieu après l'indépendance, lorsque les logements des Français avaient été réquisitionnés, mais il est désormais trop âgé pour y vivre. Il a autorisé la nouvelle arrivée à l'occuper pour trois mois et quelques poignées de dinars. Il n'y a pas de hasard, la tante Anna lui envoyait un signe. Façonnée par les paysages de son enfance, elle avait un devoir de mémoire.

Elle réside aujourd'hui, dans une solitude totale, sur ce bout de presqu'île déserte, battue parfois par les vents de sable et chauffée par la sécheresse brûlante du sirocco. Elle ne compte pour personne, et dans ce *personne* réside la liberté absolue. Après avoir bricolé certaines planches disjointes de son refuge, en clouant des morceaux de bois glanés dans le voisinage, elle a créé un semblant de confort avec des tissus berbères et des meubles sommaires dénichés chez les artisans du souk. C'est ici qu'elle s'est enfermée afin d'élucider le mystère des mots troués et tenter de repriser ceux qui sont décousus. La cloison en briques qui séparait autrefois le cabanon de la vue sur la Méditerranée s'est effondrée sur le sol recouvert d'une faïence mauresque qu'elle a frottée jusqu'à la ramener à la vie, par fidélité au souvenir de la tante qui se plaisait à la briquer. L'horizon est immense. Les oiseaux volent haut et traversent la brume. Elle écoute le silence qui lui parle, suit du regard le vent qui souffle dans les voiles du bateau passant au loin. Dans ce nouveau présent, l'intime a pris la dimension d'un paysage et l'errance est devenue une façon de penser, une philosophie.

Raconter une histoire risquant d'être inexacte l'avait mise mal à l'aise dans un premier temps. Puis le bug lui est apparu comme la métaphore de ses relations avec le Père, l'acte manqué qui l'autorisait à le voir comme un héros de roman qui n'était pas son père.

Transcrire mécaniquement les interviews sur l'ordinateur extrait du fond de sa valise lui permet d'écrire à l'aveugle, de combler les blancs intuitivement. Elle a parfois des absences, ses yeux se fondent dans le bleu de la mer qui l'exalte, et puis l'attriste. Elle reprend son travail, traductrice d'un texte perforé dont elle ne peut espérer mieux que l'extraction d'une substantifique moelle. La cohérence, elle verra plus tard. Elle remise un sentiment opaque d'imposture dans les touches du clavier sur lesquelles elle tape sans réfléchir. Mais la culpabilité tapie telle une taupe au fond du trou qu'elle a creusé elle-même ne la distrait plus de ce travail de titan. Depuis la disparition du Père (étant en principe la prochaine sur la liste, maintenant que ses parents ne sont plus de ce monde, elle essaye de ne plus prononcer le mot « mort »), elle se sent libérée du réflexe de soumission. L'urne fait désormais partie des meubles. Posée comme un bibelot sur la console touareg, elle est devenue la photo souvenir d'un mort encadré.

Le bureau du Djena

Au-dessus du bureau du Djena, sur le mur ocre qui séparait les deux fenêtres de la seule pièce meublée à l'européenne, dans laquelle le Père travaillait et téléphonait, elle se souvient qu'était punaisé un texte de Stefan Zweig datant des années trente, qui disait : « La conquête morale du pays tout entier s'imposera d'une manière aussi nécessaire que sa conquête militaire. » Le Père l'avait recopié soigneusement en lettres rouges, avec le Bic aux quatre couleurs qu'il utilisait en alternance pour classer ses dossiers. Était-ce à cause de son énergie, sa force de conviction ou, gaucher contrarié, son étrange façon de tenir les crayons, entre l'index et le majeur, quelques-unes des lettres, en particulier les voyelles, avaient traversé le papier épais qui avait dû être rafistolé avec des morceaux de scotch.

Lors des conversations enregistrées, alors qu'il

était déjà vieux et malade, et qu'elle avait évoqué le souvenir de cette citation, elle lui avait fait remarquer avec un clin d'œil affectueux que lui, le séducteur compulsif de la première vie, ne s'était pas vraiment embarrassé de morale. Seules une légère tension dans la mâchoire et une infime crispation des mains croisées l'une sur l'autre avaient laissé transparaître un agacement. Il avait cependant acquiescé, esquissé un sourire à la fois triste et beau, l'avait priée à mi-voix de bien vouloir lui pardonner ses négligences d'époux volage et de père absent, soulignant qu'il tenait à faire amende honorable lors de ces face-à-face, ce qui avait laissé Victoire sans voix. Loin d'imaginer ce revirement de situation, elle avait dès le début été prise à son piège d'accusatrice. Sincérité ou manipulation, il avait ainsi lancé une invitation à ignorer les sujets qui fâchent et à s'intéresser aux choses sérieuses.

Face aux fenêtres du bureau, de l'autre côté du chemin Bucknall où était située la villa familiale – du nom de l'architecte anglais qui avait, après la colonisation, construit la majorité des maisons d'El Biar dans un style néo-mauresque –, des rouleaux de barbelés électrifiés surmontaient les hauts murs d'une propriété bien cachée derrière des bougainvilliers dont aucune porte jamais ne s'ouvrait ; Victoire avait l'intuition qu'il s'y passait des horreurs. Lors des moments fréquents où le Père désertait la maison, en particulier à l'été de la bataille d'Alger, alors que les enfants n'avaient pas le droit de sortir, elle se réfugiait secrètement, ou plutôt se barricadait, dans son bureau dont elle avait volé une clef, pour échapper aux possibles attaques qu'elle se représentait comme des films noirs. En réalité – est-ce ainsi qu'elle développa un goût prononcé pour les scénarios qui font peur ? –, elle s'inventait un rôle d'héroïne qui luttait pour résister à tous les dangers, et survivre dans les terres des rébellions. Son occupation favorite consistait à se concentrer sans respirer pour accélérer le rythme cardiaque, mais le rire prenant toujours le pas sur la peur, comme si la distance entre les deux était infime, son cœur restait de marbre. Elle passait donc dans ce lieu sombre, aux fenêtres protégées par de lourdes grilles en métal noir, des journées entières à essayer de déchiffrer la guerre, à l'aide des documents répandus dans l'antre du Père. Aujourd'hui encore se dissipe dans sa mémoire l'odeur très légèrement fruitée que dégageait l'encre fraîche de *L'Espoir*, le petit journal clandestin créé dans les années cinquante par le noyau des libéraux dont faisait partie le Père ; quelques pages découpées posées en vrac sur le plan de granit qui recouvrait la triste commode en acajou de style Louis-Philippe voisinaient avec des piles de tracts entreposées dans le premier tiroir toujours entrouvert. Cet *Espoir*, au cours de leurs entretiens, le Père en offrit à sa fille quelques exemplaires ronéotypés qu'elle conserve comme des reliques.

Victoire s'est souvent demandé quelles auraient été leurs vies si les membres de la famille n'avaient pas été qualifiés de pieds-noirs, qui ne sont au fond pas une nationalité, mais plutôt un peuple, et dont, lorsqu'elle était enfant, le nom lui évoquait des clochards aux pieds sales. Parmi les supputations sur les origines de la locution, elle avait choisi d'adopter la plus imagée, celle se référant aux indigènes qui marchaient sans chaussures, et auraient, par extension, désigné les Français d'Algérie comme des ersatz de Français. Mais le fait qu'aucune hypothèse ne soit une certitude en dit long sur leur absence d'identité.

Nous les libéraux

Lors du premier face-à-face dans la maison basque, Victoire avait posé au Père la question qui ouvrirait les suivantes. Des historiens et des enfants de harkis ont publié de remarquables témoignages évoquant la guerre, et l'exode. N'ayant jamais entendu parler d'ouvrages écrits par des Français de milieux privilégiés, qui se soient battus pour l'indépendance au péril de leur vie, elle était curieuse d'apprendre à quoi ressemblaient l'existence, les activités, les aspirations, les fréquentations, les pensées, les idéologies d'un jeune pied-noir libéral dans les années cinquante à Alger.

Depuis sa migration dans le cabanon retrouvé, lorsque la voix du Père est ensevelie sous les gargouillis qui rendent les phrases incompréhensibles, elle s'autorise, comme dans une brocante, à troquer les mots percés contre des neufs. Puis elle suit les conseils prodigués par le cousin Gaudeamus : écrire au plus simple, au plus vrai, rédiger clairement les réponses du Père à ses questions. Rester en retrait, ne pas intervenir, respecter des limites à l'intérieur d'un cadre. Être là pour écouter, pas pour juger.

Ses ancêtres s'étaient établis à Alger dès 1832 pour y faire du commerce. Le Père avait été élevé par des parents qui recevaient des musulmans chez eux, ce qui leur avait valu de nombreuses critiques. L'activité principale des Français aisés se limitait à la plage six mois par an. Les femmes, qui ne travaillaient pas, doraient au soleil, se baignaient dans l'eau turquoise, bavardaient entre elles. Lui n'aimait pas la plage, ne se mettait pas au soleil et portait toujours un chapeau de paille. Il était un industriel, répétant à l'envi : « Il n'y a jamais eu de colons dans ma famille. » La colonisation ayant été décidée pour et par l'agriculture, ces derniers exploitaient des hectares de terres en dehors de la ville, tandis que les membres de la famille avaient toujours été des citadins.

Le magnétophone n'en finit pas de grincer, elle tend l'oreille et se penche pour y percevoir un début de quelque chose, se résout à deviner le sens de ce qu'elle ne comprend pas. À défaut des mots, elle capte la voix du Père, les intonations de sa pensée.

J'ai pris conscience très tôt des différences de traitement existant entre les Français et les Arabes. Et j'ai commencé à militer pour une autre histoire, celle de l'inévitable indépendance. Nous n'étions pas nombreux, nous, les libéraux, qui nous connaissions depuis l'enfance. Dès le début des années cinquante, je fus considéré comme un traître par la majorité des pieds-noirs.

Victoire savait que, déjà avant le début de la guerre, alors qu'il n'avait pas encore trente ans, il s'était rapproché avec ses amis des grands leaders algériens qui cherchaient ouvertement, dans des cercles de rencontres, à engager des réformes élargissant le code électoral et faisant participer les Algériens aux responsabilités. Nombre de réunions entre eux, les libéraux, et certains chefs algériens avaient lieu à la maison. Par la suite, elle s'habitua à les croiser ; étant enfant, elle ne remarquait pas leurs différences, mais leur existence, en particulier certains sourires, est restée imprimée au fond de son être. Elle se sentait bien dans cette assemblée, autour de laquelle flottait l'aura d'un mystère devenu familier, au point qu'elle avait l'impression d'être une grande personne participant à d'importantes activités secrètes.

Nous, les libéraux, avions placé nos espoirs dans l'idée que les Algériens et les Français parviendraient à vivre ensemble dans cette nouvelle Algérie, que les uns pourraient renoncer à leurs privilèges, octroyer des droits égaux aux autres, dire adieu à leur rôle de dominants exploitant des dominés. Les pieds-noirs étaient faits pour rester aux côtés des Arabes, devenir ce qu'ils étaient déjà, des Algériens. Quand nous avons décidé de lancer par voie de presse un dialogue avec les Algériens, il y eut un très bon démarrage qui se solda par un refus brutal des journaux de continuer. Une succession d'occasions perdues fut ainsi orchestrée par les milieux français qui avaient des accointances avec le pouvoir national ou local, et entretenaient une atmosphère catastrophiste pour prolonger la situation existante. Ce fut une grave erreur.

Les pieds-noirs, ce petit million d'Européens immergés dans un large océan de huit millions d'Arabes, ne s'intéressaient pas à ce qui se préparait du côté des Algériens. Les chefs libéraux kabyles, Ferhat Abbas et Hocine Aït Ahmed, qui étaient des réformateurs, et non des bellicistes, renonçaient peu à peu à leur rêve d'assimilation et de décolonisation en douceur. Conscients qu'il n'y aurait désormais d'autre solution que les mitraillettes, ils s'engagèrent auprès des révolutionnaires du FLN. Le 1er novembre 1954, ils comptaient tous deux parmi les neuf fils de la Toussaint rouge qui déclenchèrent la guerre contre la puissance coloniale française.

Malgré l'explosion, la population des pieds-noirs restait sourde et aveugle, se comportait comme si elle ignorait que la guerre avait lieu, comme s'il s'agissait au pire d'une révolte passagère. La vie sur la plage continuait d'être belle, la mer bleue, le soleil ardent. Peu importe que tout soit faux dans leur Algérie coloniale, le déni était roi.

Mariés quelques années avant le début de la guerre, le Père et Mama habitaient la belle maison de l'enfance, dans laquelle lui avait grandi, celle où Victoire était née. Leur vie commune fut brève. Mama qui débarquait dans ce pays d'Afrique du Nord fut si indignée par les relations entre les Français et les Arabes qu'elle espéra, chaque jour, rentrer en métropole. Elle avait beau savoir que l'Algérie avait un statut à part, qu'elle était une colonie de peuplement européen découpée en trois départements français, et non une colonie essentiellement politique, elle vivait mal l'arrogance des pieds-noirs vis-à-vis des Arabes, leur absence de culture et d'éducation, leur incapacité à imaginer la remise en question de leur statut, même si elle était consciente de leur attachement à ce pays qu'ils prenaient pour le leur. Elle ne fut jamais acceptée, parce qu'elle ne le désirait pas. Elle n'était pas du genre à simuler ce qu'elle n'était pas. Plus tard, quand Victoire fut en âge de comprendre, Mama lui raconta une anecdote qui l'avait profondément choquée. Un jour d'oisiveté à la plage des Pins, où elle se tenait toujours en retrait, pour ne pas brûler au soleil, disait-elle, elle avait entendu un groupe de colons se vanter à voix très haute d'être les bienfaiteurs du développement économique qui avait permis de créer des routes, des usines et des écoles dont ils étaient les seuls à profiter. C'est tout dire, avait-elle ajouté.

Ma vie personnelle était loin d'être brillante à ce moment-là. D'une part, j'étais empêtré dans l'usine de boissons gazeuses que je développais avec difficulté, de l'autre, engagé dans l'action des libéraux, et soumis à des rendez-vous clandestins avec des militants musulmans, j'étais rarement là. Ta mère a décidé de repartir pour la France avec vous trois, Benjamin, Delphine et toi.

Victoire avait interrompu le Père :

– Tu oublies de préciser que tu avais quand même le temps de caser tes conquêtes féminines et que tu la trompais avec sa seule amie en plein divorce qu'elle avait recueillie à la maison. La guerre plus l'adultère, ça faisait beaucoup pour une femme qui avait vingt-cinq ans et trois enfants en bas âge.

Je n'ai été capable de parler de ça qu'avec moi-même. Pendant plusieurs années, j'allais seul au bistrot, je commandais un verre ou une salade, et je couvrais la nappe en papier de notes qui me passaient par la tête. Je les ai jetées sans les relire. Le mal était fait. Je savais en moi-même que ma conduite était inacceptable, mais j'ai eu beau essayer, partir à l'étranger, j'étais envoûté par cette femme qui avait toujours vécu à Alger, deviendrait ta belle-mère et la mère de Patrice et Thérèse. Et puis, je considérais que j'avais une mission politique. Ne me torture pas avec ces histoires dont je ne suis pas fier. Il y a prescription. Je suis vieux et fatigué.

OAS

Les premières étapes des Événements de la guerre d'Algérie sont largement recensées par les historiens. La Toussaint rouge de 1954. L'appel d'Alger en 1956 : les pleins pouvoirs donnés à l'armée – qui n'en avait rien à faire de l'Algérie, encore moins des pieds-noirs, mais voulait prendre sa revanche sur l'Indochine. La création d'un contingent d'appelés. La sanguinaire bataille d'Alger en 1957. Les émeutes du 13 mai 1958 déclenchées par l'armée et les paras de Massu pour maintenir l'Algérie française. Le « Je vous ai compris » de De Gaulle revenu au pouvoir alors que s'effondrait la IVe République.

À l'été 1957, à la suite de nombreux attentats commis par le FLN en plein cœur d'Alger, les huit mille parachutistes de Massu entrés dans la ville procèdent à un nettoyage sanglant. Des hélicoptères qui survolent la casbah repèrent les quartiers musulmans, qui sont alors entourés de barbelés et éclairés par des projecteurs. Les paras se substituent à la police, les suspects sont arrêtés, fichés, soumis à des interrogatoires violents. Le FLN riposte avec des bombes qui tuent des dizaines d'Européens, les paras traquent les rebelles, qu'ils soumettent à la torture, des milliers d'Algériens musulmans sont arrêtés ou tués. Bien que cette bataille meurtrière sévisse pendant huit longs mois, la population des pieds-noirs se comporte toujours comme si la guerre n'existait pas, comme si la torture n'avait pas lieu.

Le 4 juin 1958, Victoire, enfant, donnait la main à son père lors de l'apparition de De Gaulle sur le balcon arrondi recouvert d'un drapeau bleu, blanc, rouge. Elle se souvient encore de l'architecture moderne du palais du Gouvernement général qui tranchait sur les immeubles haussmanniens à volets bleus. Il faisait chaud, la foule était immense et si compacte qu'elle faisait peur. Il avait trouvé une petite place pour eux deux dans l'anfractuosité d'un portail donnant sur la rue qu'il avait réussi à entrouvrir, et d'où la vue latérale plongeait sur le général en uniforme. Debout à côté de ce père qu'elle devinait être un homme important, si beau, si élégant, dont le parfum avait l'odeur de l'herbe fraîchement tondue, la petite fille ne cachait pas sa fierté. Lorsque le Général prononça son fameux « Je vous ai compris » devant les deux cent mille personnes massées sur la place du Forum, la foule leva les bras en l'air et explosa de joie. Victoire avait cru comprendre que le Général avait « compris » tout le monde, les Français aussi bien que les Algériens. Et que l'Algérie d'avant c'était terminé. Encore aujourd'hui, elle n'est pas sûre d'avoir eu tort. Mais à entendre la clameur qui s'ensuivit, les pieds-noirs pensaient avoir trouvé leur sauveur.

En réalité deux options s'offraient au Général sur la question coloniale : rester dans l'histoire comme celui qui avait maintenu l'empire français en s'appuyant sur les colonies quand la France était occupée lors de la Seconde Guerre mondiale. Ou bien être le grand décolonisateur qui avait compris le sens de l'histoire. Et réfléchir alors à une association économique avec l'Algérie pour sécuriser l'approvisionnement en gaz naturel et en pétrole dont les gisements se trouvaient dans le Sahara, ce qui permettrait d'échapper à la domination impérialiste des Américains et des Soviétiques qui se partageaient le monde.

La désillusion fut violente pour les Français

lorsque, l'année suivante, il exprima, dans un discours radiotélévisé, sa préférence pour l'autodétermination algérienne, approuvée ensuite par référendum à l'Assemblée.

De Gaulle devenu un traître, les pieds-noirs aux positions les plus radicales commencèrent à s'organiser pour défendre la présence française en Algérie. Ce furent les débuts de l'OAS, l'Organisation de l'armée secrète.

Je reste persuadé que la masse des Algériens n'était pas antifrançaise jusque-là, elle l'est devenue avec le développement de la guerre, l'armée, Massu, les activistes pieds-noirs, l'OAS, les opérations militaires, les interrogatoires, la torture. L'atmosphère devint de plus en plus survoltée, passionnelle. À partir de 1960/1961, l'OAS a commencé à vraiment se structurer en plusieurs groupes, les sympathisants (la majorité des pieds-noirs), les militants, les tueurs, les commandos Delta, qui posaient des bombes, plastiquaient les maisons, fomentaient des attentats ; j'en sais quelque chose. Bien sûr, tous ces hyper OAS qui voulaient tuer les Algériens employaient chez eux des domestiques algériens, leur bonne conscience : « Nous les Arabes on les aime, regardez Mahdjouba… »

Quand l'OAS qui avait besoin d'argent se mit à taxer les personnes physiques et morales pour adhé-

rer à son organisation clandestine, personne ne me demanda de régler une cotisation. Ce fut plus compliqué à l'usine lorsque moi, le patron, je refusai de payer. L'usine fut plastiquée. Puis j'échappai de justesse à un attentat. Alors que je roulais en voiture pour me rendre à l'enterrement d'un ami algérien, il n'était pas prévu que ma femme se trouverait à mes côtés ; ils ne prirent pas le risque de s'attaquer à elle, ce qui me sauva la vie.

J'aurais dû être assassiné plusieurs fois, mais j'étais prévenu avant par d'anciennes relations. Pour moi ça s'est limité à des plasticages, des maisons et des bureaux détruits. Mais j'étais un collabo, un Algérien à éliminer. Je cachais des Arabes au Djena. Je n'avais pas réalisé que la fameuse maison d'en face toujours fermée était le lieu où était entreposée la réserve d'armes de l'OAS. Ça devenait très dangereux. Jusque-là, j'avais été relativement inconscient. Je me disais que, étant un fils de là-bas né d'une famille de là-bas, avec une femme (la seconde) de là-bas, des amis de là-bas, je serais épargné. C'était un leurre.

Pour les pieds-noirs de tous les milieux, le terme « là-bas » permet de ne pas prononcer le mot « Algérie » qui remue trop d'émotions et la honte de cette guerre inutile « là-bas », qui n'aurait pas dû exister.

J'ai envoyé femme et enfants en France. Je n'avais plus qu'une maison cassée par les bombes et un mini-appartement que je n'habitais pas par prudence et qui serait plastiqué. J'étais devenu banquier en m'associant avec mon frère. Ils ont plastiqué la banque. Deux mois après la création officielle de l'OAS, il y a eu, en avril 1961, le putsch des quatre généraux, Salan en tête, qui se sont couverts de ridicule, après que le contingent, c'est-à-dire l'armée, a refusé de les suivre, une baudruche de coup d'État qui n'a duré que quelques jours. Les généraux du putsch et ceux qui les soutenaient se sont rapprochés de l'OAS. C'est là que les tueurs ont accéléré leur sale boulot. Jusque-là, l'atmosphère à Alger était supportable, la ville est grande, elle fonctionnait encore, malgré les bâtiments et les cafés détruits ; les fellaghas avaient quasi disparu à cause de la surveillance militaire et de l'OAS. Massu institutionnalisa la torture à grande échelle. Petit à petit, les attentats ont empiré, le bruit des bombes faisait trembler, on enjambait des cadavres, on sentait que l'issue approchait, qu'elle serait lourde. De notre côté, nous les libéraux, qui réfléchissions encore aux bases d'une association entre les deux communautés, ne pouvions plus nous réunir dans des cafés ou des restaurants, ou dans nos maisons qui n'existaient plus. On s'est créé des planques nocturnes, dans lesquelles on débattait pendant des nuits entières, on dormait par terre à cause du couvre-feu. J'ai commencé à me cacher, à circuler peu, seulement la nuit en rasant les murs. Un couple d'amis fidèles m'a caché dans une chambrette sous le toit. J'ai obtenu des faux papiers. Je suis devenu un clandestin. À cette époque a été atteint le paroxysme de la folie, de l'horreur, des exactions des pieds-noirs aveuglément enfournés dans une lutte à outrance. Les Arabes qui s'aventuraient dans les quartiers européens étaient abattus, j'ai vu des prêtres en soutane soulever les vêtements recouvrant la tête des morts algériens, les reposer et continuer leur chemin.

Parmi les documents retrouvés dans son bureau de la maison basque après sa mort était apparu un cahier dans lequel le Père formulait sa colère et ses doutes, au début de l'année 1962. Écrite au crayon à papier et devenue pâle avec le temps, la première page disait :

Honte de ma ville qui secrète des tueurs
Honte de ma ville sale et presque détruite

Honte du manque de conscience politique des Français d'Algérie qui ont cru à tous les mythes
Honte d'entendre « application loyale du statut de 1947 »*
Honte du déculottage de demain
Honte que les Français d'Algérie haïssent la France
*Foi que sur la ligne d'Évian** nous pouvons tenir avec une majorité d'Algériens contre les démagogues*
Foi que le mariage de raison est la seule possibilité à tenter
Foi que si rien ne réussit la France saura accueillir ses enfants, en particulier ceux qui ont joué le jeu
La suprême honte serait de laisser le problème OAS à régler au FLN après l'autodétermination
Alors je n'aurais plus de foi.

Victoire eut l'impression d'avoir arraché un bout de journal intime, entrouvert un trésor, un de ces dialogues avec lui-même, dont la pudeur empêchait la voix haute. Dans ces mots écrits plus de quarante ans auparavant transparaissait le désenchantement d'un homme jeune qui croyait en un monde meilleur,

---

* La déconcentration des pouvoirs de la France à l'Algérie, lui octroyant un statut autonome dit « organique ».

** Les accords qui seraient signés en mars 1962.

une illusion qui disparaîtrait pour de bon après son incarcération. En relisant ces lignes, aujourd'hui dans ce refuge, une émotion la submerge, elle ne sait plus qui est l'homme, qui est le père. Les oscillations qu'elle traverse vont de l'un à l'autre, comme si elle avait adopté une posture en biais, jamais vraiment droite, posée sur un fil vacillant entre deux mondes. Peut-on s'affranchir de l'« ambivalence » avec une histoire telle que la sienne ? Un mot duel, ambigu, issu du latin *ambi* (« tous les deux ») et *valentia* (« valeur »). Et si, plus que biculturelle, elle était elle-même une frontière unicolore francoalgérienne, sans le trait d'union qui désunit les deux mots, une frontière devenue son moi intime ? Et si la relation avec son père s'était construite ainsi, en exil, autour de deux sentiments apparus simultanément, l'amour et le désamour, le désir d'une chose et son contraire ? Il lui resterait alors à tendre le fil et à regarder droit devant elle comme le font les funambules pour trouver leur équilibre sans tomber dans le vide.

Réparer les mots

Au fur et à mesure que la bande se déroule, chaque mot l'essouffle. Elle s'arrête de plus en plus souvent. Le déchiffrage est exténuant. La concentration se transforme en coups de feu dans la tête. Une sensation de déroute, de fausse route, la rend nauséeuse. Elle est fatiguée de sa pensée perpétuellement indécise, entend des bribes de la voix du Père, peut-être devrait-elle dire « mon père ». Où trouver sa vérité ?

Sur la plage au sable noir, elle lance des galets dans la mer pour noyer ses ruminations. Elle prend l'air et marche rapidement, ainsi que le conseillent les médecins du corps qui mettent l'âme en convalescence. Elle parle avec Malika chaque jour au téléphone, comme une enfant mélancolique. Son amie lui conseille de cracher ses blocages en hurlant face à la mer. Elle crie des sons minables, des sons sans souffle, des mots troués. La page blanche est dans sa tête.

De retour au magnétophone, l'année 1962 est quasi inaudible. Parfois surgit un mot. Un bout de nom propre qu'elle tente de sortir de l'ombre. Ou alors elle fait l'impasse, s'obstine à tenter de ranimer le souvenir des questions et réponses des face-à-face de la maison basque. Lors des quelques instants fugitifs où les mots tiennent bon, elle arrête la machine pour les empêcher de tomber. Et elle fait silence, à l'affût du moindre frémissement, mime les sons, utilise un langage des signes comme si elle posait une question de vie ou de mort à la bande.

Au loin, l'horizon la brûle. Elle repousse le moucharabieh intérieur contre les vitres, s'assoit dos à la mer, regarde fixement l'urne posée sur la console, dans la pénombre, la prend à témoin : « On a des choses à se dire toi et moi, sans ton aide il n'y aura pas d'histoire. » Ce n'est pas de peur ni de détresse qu'elle souffre, mais d'un vide sidéral, une absolue nullité. Puis elle se redresse, solide dans un monde aux contours flous, décide de partir en guerre contre l'ennemi, de massacrer le bug.

Lui revient en mémoire le feu d'artifice assourdissant, prodigué par une centaine d'explosions au plastic qui colorièrent la nuit du 4 mars d'un bleu incandescent, portant le sceau de l'OAS, en préambule au compromis qui se préparait entre les Algériens et les Français. Agrippée au balcon Saint-Raphaël accroché à une haute falaise d'El Biar qui dominait la ville, elle avait imaginé que c'était peut-être cela la fin du monde.

Les accords d'Évian signés le 18 mars 1962 entre le gouvernement français et le gouvernement provisoire de la République algérienne contenaient un accord de cessez-le-feu après une guerre qui dura huit ans. Le Père pensait que les accords auraient dû intervenir deux ans plus tôt, avant que les Algériens responsables de la négociation ne fussent eux-mêmes dépassés par les partisans de la coalition radicale du FLN, qui étaient déterminés à dénoncer les accords comme une plateforme néocolonialiste.

Une semaine plus tard eut lieu la fusillade de la rue d'Isly. L'armée française tira sur les pieds-noirs qui manifestaient. Bilan : une cinquantaine de morts. Ce fut la rupture avec l'armée. L'OAS se déchaîna. Une véritable guerre civile était engagée.

Avec les accords d'Évian, fut constitué un Exécutif provisoire incluant Français et Algériens, dont le siège serait installé à Rocher Noir, une petite ville située à cinquante kilomètres à l'est d'Alger.

La voix du Père se fait d'un coup légèrement

plus claire, comme si la bande fatiguée de hoqueter faisait une pause.

Le président de l'Exécutif, Farès, était un notaire algérien, un nationaliste qui avait une vision dépassée, pour lequel j'éprouvais la plus grande méfiance. Il se prenait pour un guide, le chef de l'Algérie. Par chance, celui qui avait la caution du GPRA installé à Tunis était un médecin algérien du nom de Mostefaï qui avait une vraie intelligence de la situation. Il fallait débarrasser l'Algérie de l'OAS avant le vote de l'autodétermination du 1er juillet qui sinon serait sanglant. Les attentats se poursuivaient plus que jamais. Farès avait amorcé, dans le dos de tous les négociateurs, des discussions clandestines avec le patron complètement dérangé de l'OAS, qui menaçait de donner l'ordre de faire sauter les puits de pétrole, d'engager ce qu'il appelait « la politique de la terre brûlée ». J'ai compris que si le scrutin d'autodétermination, dont le résultat donnerait bien sûr le pouvoir à l'Algérie, intervenait dans ces conditions, on assisterait à une véritable Saint-Barthélemy, au détriment des Français dont quelques-uns avaient déjà commencé à partir. Il était urgent de trouver un terrain de négociation. Le chef surexcité de l'OAS qui voyait le vent tourner se déclara candidat au poste de ministre de la réforme agraire en Algérie indépendante, c'est-à-dire au nettoyage des colons !! On nageait en pleine démence. Finalement, nous, les intermédiaires, avons posé un ultimatum : le cessez-le-feu, l'arrêt des attentats sur les trottoirs, des plasticages, des tirs de mortiers sur la casbah, l'arrêt de leur émission de radio qui appelait aux massacres. Dans un premier temps tout est devenu silencieux. Et les clandestins algériens cessent de riposter. C'est la sidération dans la ville.

Après moult interventions de notre part, avec le soutien du GPRA, Farès est dégagé, nous consentons à ce que le nom du patron cinglé de l'OAS soit cité dans le discours qui annonce sur les ondes le retour aux conditions des accords d'Évian. La Saint-Barthélemy redoutée n'a pas lieu.

On est le 17 juin 1962. Lors du référendum du 1er juillet posant la question de l'indépendance, la population a voté oui à quatre-vingt-dix-neuf pour cent. Après cent trente-deux ans de colonisation française, huit années de guerre ayant entraîné la mort de trois cent mille Algériens civils et combattants, trente mille soldats français, quatre mille Français civils, et sans doute vingt mille harkis, l'indépendance de l'Algérie est proclamée le 5 juillet 1962.

Le sort des pieds-noirs a été réglé de manière catastrophique. De Gaulle, persuadé que sur un million de

Français d'Algérie, il n'en rentrerait que cent mille en métropole, s'est lourdement trompé. Neuf cent mille sont arrivés dans une France absolument pas préparée pour les accueillir. Ils avaient cette fois de vraies raisons de se sentir maltraités, d'autant qu'une grande partie d'entre eux, les gens modestes qui ne connaissaient pas la France, étaient partis dans la précipitation avec un baluchon pour seul bagage. Et ils attendent toujours aujourd'hui l'indemnisation de ce qu'ils ont laissé là-bas ! Personne n'a pris en compte – il faut avoir un cœur pour être capable de l'entendre battre – que le problème des Algériens était simplement humain.

Et que dire du sort des harkis, ces supplétifs de l'armée française qui, en remerciement de leur fidélité, ont été parqués dans des camps militaires du sud de la France, comme dans des cités en transit ? Considérés comme des traîtres menacés de mort du côté algérien, et juste comme des « Arabes » par les Français, ils ont perdu pour toujours leur histoire familiale.

Je continue de penser que ce qui arrive à l'Algérie aujourd'hui est de sa faute. Les Algériens les mieux intentionnés, kabyles pour la plupart, les « pacifistes » qui souhaitaient des formules de coopération avec les pieds-noirs, se sont laissé doubler par Ben Bella, qui faisait partie des excités primaires. Devenu président de l'Algérie algérienne en septembre 1963, il s'est mis à tout nationaliser et n'importe comment, en tenant des discours absurdes, du genre « l'Algérie n'a pas besoin d'ingénieurs, tout le monde sait que les ingénieurs ça ne sert à rien ». Pendant ce temps, Boumediène, qui laissait Ben Bella faire le sale boulot, attendait dans l'ombre de prendre le pouvoir avec son armée, la seule force existante restée intacte aux frontières. Et les chefs historiques kabyles, libérés de prison au moment des accords d'Évian, dont Aït Ahmed, avec lequel j'étais très lié, on verra ça plus tard, sont redevenus des clandestins dans le maquis, conscients que l'Algérie des extrémistes ne serait jamais une démocratie.

Retrouvailles

Elle espérait en rester là. Mais il n'était pas question de faire l'économie de l'épisode final de la vie algérienne du Père, puis de son expulsion soudaine vers la France. Son cœur se met à battre violemment, le rouge lui monte aux joues. Un événement dont elle a perdu la mémoire avec le temps s'impose brutalement. Une quinzaine d'années après l'indépendance, elle était retournée en Algérie en même temps que le Père. Comment avait-elle pu oublier, refouler cet épisode ? C'est en réalité à cette occasion qu'eut lieu le premier des entretiens, bien avant ceux de la maison basque.

Par un concours de circonstances, le père et la fille se rendirent à Tipaza chacun de son côté. Interdit de séjour, le Père n'avait jamais revu l'Algérie. Quelques mois après la mort de Boumediène, il considéra soudain qu'il y avait prescription. Il avait, depuis la France, financé en tant que banquier, un important projet immobilier à Tipaza, conçu par un architecte de renom féru de l'Algérie. De son côté Victoire avait été envoyée en reportage par un magazine d'actualité avec la mission d'enquêter sur les raisons de l'inexistence du développement touristique en Algérie, ce si beau pays. Pour la première fois elle se rendait sur le site de Tipaza situé à une heure de voiture d'Alger et de Sidi-Ferruch, une distance trop dangereuse à parcourir pendant les années de guerre. On évitait de se trouver sur les routes et le Père avait autre chose à faire. Benjamin aurait dû accompagner sa sœur, mais il traversait une phase d'intense claustrophobie incompatible avec un voyage en avion. Et Malika n'était pas encore rentrée du Maroc, où elle s'était expatriée dès le début de la dictature militaire.

Les retrouvailles imprévues du père et de la fille sur la terre de leurs enfances seraient l'occasion d'une parenthèse au présent, une escale vierge de dissension en un lieu préservé bâti des siècles avant notre ère, Tipaza, qui conserve les ruines d'une ville romaine, et dont le nom attribué par les Phéniciens signifie « lieu de passage », écho étrangement symbolique à leur escapade.

Sur les soixante-dix kilomètres de route qui mènent d'Alger à Tipaza et qui longent à l'ouest la côte depuis la Corniche jusqu'à la cité archéologique, s'abrite une foison de criques et de plages de sable fin. Victoire n'avait pas résisté à faire un détour jusqu'à la plage des Pins de ses jeunes années. L'arrivée par l'allée bordant la pinède avait disparu, cédé la place à un immense lotissement de station balnéaire. Sur le chemin qui regarde la mer, les maisons blanches de son enfance étaient remplacées par des sortes de chalets pour apparatchiks, dont les façades étaient recouvertes de sinistre peinture marron. Trônait en leur centre, derrière de hauts murs défendus par des gardes vêtus d'uniformes kaki et portant en bandoulière les cartouches de leurs mitraillettes, le gigantesque palais des Nations, une construction sombre imitant un bunker moderne de faux style néo-mauresque. Même la plage envahie de sacs et bouteilles en plastique avait perdu la vie. Mais il n'était pas question de céder aux sirènes du « c'était mieux avant ». Elle avait rapidement fait demi-tour pour rejoindre la côte turquoise qui, elle, n'avait rien perdu de sa beauté.

Tout lui revient aujourd'hui par fragments minuscules. Les ruines couvertes de fleurs et de pierres polies par le temps et les embruns, la végétation foisonnante voisinant avec les vestiges antiques. Et surtout l'étrange musique du monde émanant de ce lieu désert peuplé de divinités invisibles, qui éveilleraient en elle pour toujours la sensation du sacré et le goût des chants liturgiques. Lorsqu'elle est assise à sa table de travail, elle écoute rituellement en boucle une cantate religieuse de Bach, *Jesu, der du meine Seele*, qui l'emmène vers l'éternité, le monde des morts et les mémoires de la vie.

Dans un des cartons entreposés sur le sol du fameux loft minimaliste – auquel elle ne peut faire référence sans ressentir un intense malaise –, avant que tous les mauvais souvenirs ne fussent envoyés dans un garde-meuble, elle avait retrouvé les calepins griffonnés lors de ce séjour à Tipaza, à la manière d'un carnet de voyage, mêlant notes, descriptions et croquis. Elle se rappelle avoir alors rageusement balancé le tout dans le sac qui contenait les bandes enregistrées. Elle n'avait plus aucun souvenir de leur contenu, mais le tout reposait au côté de l'urne dans l'avion qui l'a menée à Alger, puis suivie jusqu'ici, un mois plus tard, dans le cabanon de Sidi-Ferruch. Pour réunir les morceaux du puzzle étalés dans les cahiers, elle fait appel aux sensations et senteurs qui ressuscitent sa mémoire, et parfois une réminiscence de la voix du Père. Comment savoir ce qui, du bug ou du passé oublié, est le plus difficile à traduire ?

Jusqu'à quand devra-t-elle arracher le poids mort du tréfonds de son être ?

À Tipaza, installés dans l'une des maisons blanches de la résidence hôtelière dont l'architecture élégante, à la fois mauresque et sobrement contemporaine, laissait augurer un confort sans faille, ils déchantèrent rapidement. Le sol devenu piscine en raison de canalisations bouchées, la cuisine dénuée de gaz pour cause de rupture de stock de bouteilles, et personne ne venant réparer les dégâts, ils avaient passé la plupart de leur temps à l'extérieur. Emprunté chaque jour le chemin balisé de colonnes sans têtes qui se tiennent droites face à la stupéfiante vue sur la mer. Déambulé à travers les restes de l'amphithéâtre bâti par les Romains dont les murets leur servaient de sièges. Pris des pauses dans le temple anonyme dont les pierres massives lui tenaient lieu de table d'écriture. Engagé de vives discussions à la villa des fresques qui surmonte le bleu magique de la Méditerranée et inspira ses croquis. Baissé la voix dans la végétation dense entourant la majestueuse basilique romaine qui semble posée sur la mer. Arpenté la nécropole regroupant les sépultures de l'Antiquité, rassemblées comme les maisons d'une cité, dans le silence religieux desquelles elle avait écouté le Père raconter les horreurs de son séjour en prison.

Assise sur les ruines d'un sarcophage chrétien, dans ce musée à ciel ouvert, où l'on passe sans porte d'un monument à l'autre, elle avait pris des raccourcis de notes qu'elle aurait sans doute du mal à relire. Mais la sensation de liberté avait éclipsé la possibilité d'une inquiétude.

Les secrets du père

Dans sa cabane, Victoire n'est pas loin de boucler son travail. Transcrire le dernier chapitre de l'épopée algérienne du Père, des années après qu'il lui en avait livré l'essentiel lors de la retraite dans les ruines de Tipaza. Même si ses paroles ont été maladroitement ressuscitées à partir de notes et de souvenirs, elles sont une fidèle interprétation de sa vérité. Elle a délibérément omis les événements qu'il lui a demandé de garder secrets.

Après l'indépendance, une fois les chefs historiques libérés de prison, le coup se jouait entre quelques ténors tous trahis par Ben Bella devenu président. Mohamed Khider, qui était le beau-frère d'Aït Ahmed parti dans le maquis en Kabylie, s'est institué patron et trésorier du FLN. Il a ainsi mis la main sur le trésor issu des cotisations de tous les Algériens qui avaient été taxés pour soutenir l'effort de guerre. À titre d'exemple, les ouvriers basés en France devaient lâcher le tiers de leur salaire. La cagnotte qui se montait, je crois, à huit milliards de francs, était domiciliée en Suisse, pays neutre. Khider a provoqué un clash à Alger, s'est expatrié en Suisse et a déclaré qu'il ne distribuerait les réserves de la caisse qu'à ceux qui tenteraient de renverser le régime actuel.

À Alger, on savait que j'étais très lié aux Kabyles, en particulier à Aït Ahmed qui est le fils d'un caïd et cumule la volonté, le bon sens et celui de la justice, les trois grandes qualités des vrais Kabyles. Ben Bella, qui s'en méfiait, cherchait à s'en débarrasser. J'étais donc dans le collimateur du pouvoir et de la sécurité militaire, d'autant que j'avais en plus été nommé à la Chambre de commerce, avec quelques Français et de nombreux Algériens ouverts à une discussion politico-économique. Les décisions incohérentes de Ben Bella et de sa clique rendaient la vie impossible aux Français restés au pays dont les affaires étouffaient dans la misère et les difficultés. Pour moi l'absence de possibilité de coopération franco-algérienne a été une terrible désillusion.

Pour mener leur lutte d'opposition armée, acheter leur matériel et nourrir leurs hommes, les Kabyles avaient besoin d'argent. D'autre part, il y avait un blocage financier du côté algérien. Ceux des pieds-noirs qui avaient quitté le pays dans la précipitation sans avoir pensé à transférer les quelques sous qui leur restaient avant l'indépendance ne pouvaient plus sortir un rond. Alors, avec l'accord du gouvernement français, j'ai organisé un système de vases communicants clandestins. L'argent des pieds-noirs rentrés en France, qui avaient un compte dans ma banque à Alger et qui faisaient partie de mes relations pour la plupart, était par mon intermédiaire remis aux Kabyles d'Algérie. Et les Kabyles qui avaient les réserves de leur trésor de guerre, en France et en Suisse, leur remettaient la contrepartie en France. Du côté algérois, la remise de l'argent des pieds-noirs aux Kabyles s'effectuait en espèces, sorties de ma banque, dans des valises remplies de billets. J'ai souvent eu des sueurs froides à l'idée que les échanges tournent mal. Mais aucune des deux parties n'a jamais cherché à escroquer l'autre. Les valises passaient de mon coffre de voiture à celui du militant kabyle dans le garage du sous-sol de l'appartement que j'habitais après le plasticage du Djena, qui avait été réquisitionné. Jusqu'au jour où l'un des émissaires kabyles a été contrôlé, arrêté, torturé et a avoué qu'il avait porté des fonds que je lui confiais. Je savais depuis longtemps que je courais des risques, sur différents fronts, mais j'avais un tel désir que les

Kabyles remplacent les incompétents au pouvoir que j'étais dans le déni du danger.

On est en octobre 1964. Un soir que je suis rentré très tard après un dîner avec des amis, on sonne à la porte. J'étais en train d'enlever mes chaussettes. Quatre hommes armés portant l'uniforme de la Sécurité militaire me bousculent pour entrer dans l'appartement. En même temps que je me rechausse, j'ai le réflexe de balancer dans un placard le carnet à petits carreaux que je gardais toujours sur moi et sur lequel j'inscrivais mes rendez-vous professionnels et clandestins. Lors de mes rencontres secrètes avec Aït Ahmed, nous refaisions le monde et je prenais beaucoup de notes. Mon geste est passé inaperçu. Ils m'ont donc arrêté en pleine nuit, passé les menottes, poussé jusqu'à une 404 grise, jeté à l'arrière, mis un bandeau sur les yeux. Pour brouiller les pistes en voiture, ils ont zigzagué dans tous les sens. J'ai su plus tard que j'avais atterri à la sinistre villa Poirson, annexe de la prison Barberousse, très organisée pour ce genre de réception, puisqu'elle avait été le lieu de torture des paras pendant la guerre. Je me suis vu comme un homme mort. Ils m'ont enlevé le bandeau alors que je me trouvais dans une sorte de trou glauque au sol en terre battue dans lequel je ne pouvais tenir qu'à genoux. Quelques heures plus tard, sorti du trou à coups de pied, après avoir enjambé des corps allongés dans une grande salle commune, monté quelques marches, je suis arrivé dans une salle de bains où une baignoire immonde était remplie d'eau sale et de poils. Alors que j'étais intégralement nu, face à des tortionnaires et quelques sentinelles, un officier interrogateur a commencé à me poser des questions. Pour lui, j'étais le trésorier de la rébellion kabyle, je connaissais tout du trésor de l'autre côté. J'ai brodé une histoire, prétendu que les billets étaient destinés à des pieds-noirs clients de la banque, que je ne savais rien de plus. Curieusement, ce n'est pas cette histoire qui l'intéressait. À brûle-pourpoint il m'a interrogé sur mes relations avec Aït Ahmed. Je lui ai dit que je ne le connaissais pas. « Oui mais lui il vous connaît et on vient de l'arrêter. » C'est à ce moment qu'ils m'ont foutu dans la baignoire. Puis il y a eu le bidon. Et la gégène. C'est très désagréable, je ne t'en parlerai en privé que si tu me promets de ne jamais l'écrire ou en faire état à quiconque. La pire angoisse c'était la nuit. Quand tu entendais les cris des autres. Bref, ils voulaient m'inculper de transferts illégaux pour le compte de la contre-révolution dirigée par Aït Ahmed. En fait je n'avais rien à dire, ce qui est plus facile pour ne pas parler sous la torture. Ces mauvaises plaisanteries ont duré environ deux mois. J'ai terminé dans un état physique lamentable. Ils ont dû m'envoyer à l'hôpital Maillot, celui de l'armée algérienne, au-delà de Bab El Oued. Un médecin français m'a soigné, remis à peu près sur pied, en quelques jours. En réalité j'avais été arrêté, jamais inculpé, c'était illégal, une sorte de garde à vue de trois mois, sur ordre de la Sécurité militaire, qui le plus souvent ne relâchait pas les gens, la France commençait à s'en mêler, tout était trouble.

Et puis un jour, trois mois après mon arrestation, ou plutôt mon enlèvement, on m'a emmené au palais de justice, fait signer un papier comme quoi je reconnaissais être libre, mis dans une voiture de l'ambassade, emmené tout droit à l'aéroport, pas question de passer chez moi, embarqué sur un avion de ligne Air Algérie, tous les passagers étaient déjà à bord. Et en avant Paris.

L'adieu à Tipaza

La complicité entre le père et la fille s'était éteinte lorsqu'il avait fallu quitter Tipaza. Une épaisseur s'était levée entre eux, comme si la parenthèse avait juste été une enclave dans un parcours à l'horizon indécelable. À l'aéroport de Maison-Blanche, devenus deux étrangers muets issus de familles différentes enregistrés sur deux vols distincts, ils avaient pudiquement repris leurs distances. Qu'éprouvait-il de son côté ? Il fuyait son regard ou peut-être fuyait-elle le sien. L'odeur de résine, mélangée d'effluves de réglisse sucré, de jasmin mielleux et d'intenses vapeurs d'encens, la pénétra comme une bouffée de nostalgie sourde. C'était l'odeur qui l'enivrait, enfant, dès qu'elle posait un pied sur le tarmac, après un voyage dont les exhalaisons fétides de l'intimité des passagers lui avaient soulevé le cœur.

Le bourdonnement lui tomba dessus. Le hall, les

couloirs, les marches des escaliers, le moindre espace libre, étaient envahis d'une foule de personnes qui semblaient entassées à même le sol. L'accès aux portes d'embarquement menant aux avions était hors d'atteinte. Il y a grève des aiguilleurs du ciel, dit le Père en approchant de sa démarche élastique. Tétanisée, elle regardait l'amas de gens agglutinés les uns contre les autres, des vieilles femmes au visage émacié, dépossédées du haïk qu'elles ne portaient pas dans les avions, assises en tailleur derrière les réchauds en terre cuite dans lesquels infusait le thé, une montagne de réchauds posés sur des petites grilles alimentées par des bougies dont on se demandait d'où elles sortaient, des bébés qui criaient dans les bras des mères bavardant haut et fort, des adolescents agités qui se faisaient rabrouer par les pères en costume trop grand pour eux, des jeunes hommes efflanqués qui somnolaient en même temps qu'ils fumaient des cigarettes américaines. Les mêmes que ceux qui passent leurs journées appuyés contre les murs de la ville, suivent des yeux les torsades de leur fumée qui s'évanouit dans les particules, et sont soumis, indolents, au sort que leur réserve le destin. C'était cela, la population abandonnée à terre, un ensemble d'existences soumises à une domination ancestrale, la colonisation française relayée par l'autorité algérienne, une foule résignée condamnée à l'attente.

Il n'était pas question qu'elle-même attende. Il lui fallait quitter l'aéroport, trouver un hôtel, n'importe où pourvu qu'elle échappe au cauchemar qui s'annonçait. Elle s'adressa sèchement au préposé qui l'empêcha de sortir sous prétexte que sa valise et elle étaient enregistrées, il n'y avait aucun arrangement possible. Le Père avait disparu. Elle fut sur le point de perdre la tête. Quelques avions décollaient au compte-gouttes. Il fallait trouver une solution, embarquer en priorité. Le Père réapparut, sorti de nulle part, accompagné du préposé qu'elle avait malmené. Le Père précisa que sa fille était enceinte de cinq mois, au bord d'un accouchement prématuré, son entrée à l'hôpital de Marseille était prévue dans trois heures. Marseille ? Il continua, d'un ton calme et mesuré, avec son sourire, elle risquait une infection, un accident cardiaque. Le préposé, contemporain des passe-droits des Européens, accepta un billet et hocha la tête. Ils eurent l'autorisation de monter dans le premier avion prêt à partir, un vol Alger-Marseille, que les passagers avaient attendu des heures, qui devraient maintenant attendre que leurs valises soient transférées dans la soute. On les plaça à l'avant, au premier rang, réservé aux voyageurs de dernière minute, les resquilleurs. Alors qu'elle était sur le point d'ouvrir le coffre à bagages, un Algérien édenté aux yeux las et injectés de sang lui jeta un regard sombre et murmura, Ça recommence. Elle avait lâchement détourné les yeux. Mais cet épisode est resté gravé dans sa mémoire.

Sous prétexte qu'elle ne supportait ni l'enfermement, ni la proximité, ni bien sûr l'attente, elle s'était comportée comme une pied-noir arrogante, capricieuse et privilégiée par principe. Une illustration de colonialiste qui regarde les opprimés de haut, mais bien sûr ne leur veut aucun mal.

– Je sais à quoi tu penses, avait dit le Père sans lever la tête. Et ça ne changera jamais. La démocratie s'exerce à deux vitesses, celle des nantis et celle du peuple. L'égalité n'existe pas. L'indépendance n'est pas synonyme de liberté. Les Algériens se sont fait avoir.

Devoir de mémoire

Elle n'écrira pas le livre de son père, ce livre qui n'est pas le sien. Elle ignore ce qu'il adviendra des entretiens qu'elle a rédigés, écourtés pour cause de phrases ébréchées. Mais elle est venue à bout du devoir de mémoire qu'elle dédie aujourd'hui à la tante Anna, dont elle a en permanence ressenti la présence silencieuse dans le cabanon retrouvé. Elle n'a au fond aucune ambition plus élevée.

Pendant toutes les années qui avaient suivi leur séjour commun à Tipaza, elle avait « oublié » les confidences du Père évoquant l'horreur des scènes de torture, qu'il lui avait expressément demandé de ne révéler à personne. Dépositaire de ce secret ô combien encombrant, elle avait, après un état de sidération, refoulé ces aveux pour respecter sa promesse. Mais développé en échange une insondable violence contre elle-même qui dévoila la sauvagerie de ses démons et engloutit le reste de sa vie.

À l'idée de quitter cette terre où s'est enracinée son existence, elle éprouve un arrière-goût de tristesse, peut-être une détresse archaïque ou, bien plutôt, un lointain sentiment d'inaccomplissement. L'urne posée sur la console, qui n'a pas bougé d'un centimètre depuis son arrivée, l'observe avec insistance. Et puis quoi encore ? Elle va murmurer à son oreille ? Il est temps de s'aérer après cette réclusion volontaire. Comme si la vie la traversait à nouveau, le besoin impérieux de revoir Tipaza la brûle de l'intérieur.

Très rapidement, redoutant un bouleversement imprévu, elle boucle ses valises, les traîne jusqu'à la voiture, cale l'urne au fond de son sac avachi, s'attarde quelques minutes sur le pas de la porte, fait de la main un long signe d'adieu au lieu qui l'a réparée, inspire à pleins poumons l'odeur de mer mêlée de mimosa. Puis elle dépose la clef usée qui ne ferme rien devant la porte du vieil homme au blouson décoloré. Son cœur est lourd, les larmes perlent à ses yeux puis refluent, il y a urgence, elle doit partir, l'injonction est impitoyable. Après avoir hésité à placer l'urne sur le siège avant, à la place du mort, elle opte pour l'arrière, là où, par prudence, on assoit les enfants.

Elles prennent toutes deux la route en suivant la lumière orangée du soleil qui perfore un ciel d'orage soudain troublé par des rideaux de pluie. Le déluge l'aveugle en même temps que le soleil l'éblouit, elle l'implore d'attendre son arrivée à destination avant de se coucher. Un arc-en-ciel qui transperce le ciel délavé se reflète sur la chaussée détrempée dont elle essaye de contourner les ornières remplies d'eau. Après avoir longé la côte dissoute dans la brume humide, elle distingue au loin l'entrée de la vaste arène sur laquelle sont ancrées les ruines.

En cachette du gardien, elle contourne en voiture le sinistre parking qui évoque un cimetière métallique de voitures d'occasion, se faufile jusqu'à la clairière dissimulée derrière une couronne d'oliviers centenaires repérée par le Père lors de leur dernier périple. Sans hésiter, comme si elle regagnait un lieu familier connu depuis des siècles, elle gare la voiture, déshabille l'urne de son sac épuisé, la saisit de sa main droite, se dirige vers le *decumanus maximus*, l'axe principal est-ouest qui structure avec le *cardo* orienté nord-sud tout le camp romain, marche à grandes enjambées jusqu'à une avenue bordée des pierres massives sur lesquelles elle griffonnait ses notes. À l'extrémité de l'avenue, là où le site semble rétrécir, elle emprunte un chemin encadré d'arbousiers menant à une chambre sépulcrale perdue dans la roche. Elle avait déniché ce lieu de silence, lorsque, à l'écart du Père, elle réfléchissait à ses confidences en regardant la mer.

Assise sur le muret appuyé au bord de la ruine, l'urne posée à ses côtés comme une vieille connaissance, non loin de la stèle érigée à la mémoire de Camus dont le Père se plaisait à survoler les écrits, elle fixe l'horizon d'un regard à la fois absent et absorbé comme si elle attendait le rayon vert d'un soleil imaginaire qui jamais n'apparaît. Le clapotis des vagues qui s'échouent au bord du rivage en bas de la falaise abrupte fait écho à la tristesse si profondément antique qui se propage dans tout son corps. Le temps est venu de dire adieu aux morts, de mener le Père à sa dernière demeure. Elle entend son « pas de larmes », des larmes qui cette fois affleurent à ses paupières avant de se déverser. Des larmes d'accomplissement peut-être, pour autant que ce mot ait un sens. *J'ai fini de t'obéir, le Père. Il est temps que tu retournes à la terre de tes ancêtres.*

Libre

Voir les cendres s'envoler telles des volutes translucides dansant vers le bleu de la Méditerranée. Les regarder glisser le long du cours d'eau creusé par la pluie torrentielle, au pied des ruines de la basilique qui plonge dans la mer comme si elle marchait sur les eaux. Suivre des yeux l'eau douce mêlée de cendres ondulant dans le lit de la roche ravinée par les vents violents, qui deviendra vapeur au soleil brûlant après la tempête. Descendre en courant jusqu'à la crique où l'air est encore moite et le sable tiède. Recueillir dans le creux de la main les cendres ayant survécu à la transhumance. Pousser un hurlement sur la plage vide dont le mont Chenoua renvoie l'écho. Pénétrer nue dans la mer, nager à brasses amples et déliées, laisser se dissoudre les cendres collées aux paumes des deux mains. S'abandonner à la sensation de plénitude liquide. Penser aux absents, à la raison d'être née, à sa place infime dans l'éternité. Laisser remonter les désirs archaïques. Renoncer aux morts, les laisser dans la mort. Lâcher l'inexistence. Être enfin libre, libre d'être elle-même. Et nager, nager jusqu'à perdre le souffle.

Remerciements

Merci à Francis Esménard d'avoir cru en moi. À Marie Alstadt pour sa finesse et son attention. À Christian Chaput pour son écoute libératrice. À Jérome Dumoulin et Frédéric Gilles, mes premiers lecteurs, pour leur précieuse amitié. À Carole et Bernard Pradal pour leur hospitalité. Et un merci spécial à Téo Farran pour sa gentillesse inspirée.

DE LA MÊME AUTRICE

L'IMMEUBLE, Albin Michel, 1990, prix du Premier roman

LE ROMAN DE BALTHAZAR, Albin Michel, 1993, prix du Lions Clubs international

LE FIL DE YO, JC Lattès, 2015, grand prix littéraire de l'Académie nationale de pharmacie

TOMBER DU CIEL, Presses de la Cité, 2020

Composition : Nord Compo
Impression : Imprimerie Floch, mars 2025
Éditions Albin Michel
22, rue Huyghens, 75014 Paris
www.albin-michel.fr
ISBN : 978-2-226-50008-3
N° d'édition 26246/01 – N° d'impression : 106549
Dépôt légal : mars 2025
Imprimé en France